Roxane Bicker und Sarah Malhus (Hrsg.)

Kürbisgemetzel

AF236140

Halloween, Samhain, Allerheiligen.

In der Zeit zwischen Ende Oktober, Anfang November wird der Schleier zwischen den Welten dünn. Menschen geraten unversehens in die Anderswelt, Geister und Gespenster spuken durch unsere Städte und selbst die Kürbisse fangen an zu sprechen. Was wir in dieser Zeit erleben ist furchteinflößend und fantastisch zugleich.

15 Autorinnen und Autoren schaffen Gänsehautmomente und geben Einblick in unheimliche Geschehnisse, bei denen nicht nur Kürbisse gemetzelt werden ...

Die Münchner Schreiberlinge sind eine Gruppe freier Autor:innen in und um München. Kennengelernt haben wir uns in Schreibkursen, Leserunden, Buchveranstaltungen und treffen uns seit Anfang 2017 regelmäßig einmal die Woche zum gemeinsamen Austausch, Schreiben und Lesen. Einige von uns haben bereits Bücher veröffentlicht, andere schreiben nur für sich und genauso vielfältig wie wir sind auch unsere Texte und Genres.

Über Zuwachs freuen wir uns immer!   www.muenchner-schreiberlinge.de

Die Erlöse dieser Anthologie unterstützen den Verein *BISS – Bürger in sozialen Schwierigkeiten e.V.* Die monatlich erscheinende Zeitschrift BISS schafft mit ihrer Präsenz auf Münchens Straßen ein Bewusstsein für die Belange obdachloser und armer Menschen. Sie ist älteste und eine der erfolgreichsten Straßenzeitungen Deutschlands. Sie hilft Bürgern in sozialen Schwierigkeiten, sich selbst zu helfen. Die Zeitungsverkäufer verdienen mit deren Verkauf einen Teil oder auch ihren gesamten Lebensunterhalt, je nach Situation. BISS hilft so seit über 25 Jahren Obdachlosen und Bedürftigen, mit Mut und mit Tinte.   www.biss-magazin.de

Roxane Bicker und Sarah Malhus (Hrsg.)

Kürbisgemetzel

Anthologie der
Münchner Schreiberlinge

Bibliografische Information der Deutschen Nationalbibliothek: Die Deutsche Nationalbibliothek verzeichnet diese Publikation in der Deutschen Nationalbibliografie; detaillierte bibliografische Daten sind im Internet über *http://dnb.dnb.de* abrufbar.

Impressum

© 2020 Roxane Bicker und Sarah Malhus (Hrsg.)

Lektorat: Roxane Bicker und Sarah Malhus

Korrektorat: Eva-Maria Kieselbach

Cover: Daniela Szegedi, www.senestrey.de
unter Verwendung folgender Depositphotos-Werke:
Halloween Pumpkins, © Elena Schweitzer
Kitchen knife with cutting board, © Carlos Castilla
Old abandoned house, © Igor Stevanovic
Large set of grunge textures, © Botond Czilli
Vector Paint Splashes Background, © Tatsiana Mastabai
Illustrationen: Heiko Hentschel

Buchsatz: Roxane Bicker und Sarah Malhus
gesetzt aus der EB Garamond
erstellt mit *SPBuchsatz*

Herstellung und Verlag:
BoD – Books on Demand, Norderstedt

ISBN: 978-3-7519-8051-7

Dieses Buch enthält Inhaltswarnungen / Content Notes auf der letzten Seite gegenüber der Deckel-Innenseite.

Siehe auch: www.muenchner-schreiberlinge.de

Inhaltsverzeichnis

Vorwort

Einmal ist kein Mal. Und so entstand sehr schnell die Idee für die zweite Anthologie der Münchner Schreiberlinge.

Diesmal lassen wir München hinter uns und folgen den Pfaden, die uns die Kürbisse gewiesen haben. Denn so unterschiedlich wie die 15 Geschichten sind, ein Element verbindet sie alle: Der sprechende Kürbis, der in ganz unterschiedlichen Gestalten auftaucht.

Und wir können versprechen, diese Anthologie wird nicht die letzte sein. Denn aller guten Dinge sind mindestens drei ...

Auch dieses Mal haben alle Beteiligten unentgeltlich gearbeitet. Die Erlöse aus dem Verkauf des Buches kommt dem Münchner Verein *BISS – Bürger in sozialen Schwierigkeiten e.V.* und deren gleichnamiger Zeitschrift zugute.

Dani Aquitaine

Nach Hause

»Raus aus den Federn, Zoe!«

Ophelias dröhnende Stimme riss mich aus dem Schlaf. Ihre Schritte stampften durch den Raum, ließen den Putz rhythmisch auf mein Kopfkissen rieseln. Schnell verkroch ich mich unter der Decke. Nicht aus Furcht vor meiner stattlichen Mitbewohnerin, sondern weil ich mich zurücksehnte. Nach Hause. Zu Arvid. In meinen Traum, in dem er mich in seinen Armen hielt. Sehnsucht und Heimweh zerrten an meinem Herzen, machten meine Glieder grabsteinschwer.

»Auf! Auf!«

Ich stellte mich tot. Haha.

Ophelia ließ nicht locker: »Heute ist ein besonderer Tag!«

Aus Neugierde kämpfte ich mich schließlich unter der Decke hervor. »Warum?«

Zwischen den brüchigen Fensterläden drang noch kein Lichtschein herein, als Ophelia sie munter aufstieß. Die Golem-Dame drehte sich schwungvoll zu mir um und zeigte ihr strahlendstes Lehmgesicht-Lächeln: »Es ist Allerheiligen!«

Schon auf der Treppe ins Erdgeschoss schallte mir Lachen aus dem Gemeinschaftsraum entgegen. Ungewöhnlich für diese Uhrzeit. Ich zog die Schultern hoch und trat ein. Meine Mitbewohner machten mir inzwischen meist keine Angst mehr, aber ich konnte nie absehen, was mich erwarten würde. Ich wusste, ich war eine von ihnen, aber ich wusste genauso: Ich gehörte nicht hierher. Und das erkannte man spätestens an meiner vorsichtigen Frage:»Was ist denn eigentlich los?«

Man hätte ein Leichentuch zu Boden fallen hören, so still wurde es mit einem Mal. Alle starrten mich fassungslos an: Sven, der Schrat, die Weiße Frau, Karel, der Nachtkrapp, die beiden Feuerputze, deren Namen ich nicht mal aussprechen konnte, und all die anderen.

»Es ist Allerheiligen!«, schmetterten sie voller Freude.

»Ihr scheint euch darüber ja noch mehr zu freuen als ein Kind auf Weihnachten«, wunderte ich mich.

»Das ist schließlich ein Gedenktag für die Toten, Blondie«, ächzte Zeno. Der hagere Typ hing kopfüber an der im Türrahmen zum Wintergarten montierten Turnstange und trainierte energisch seine Bauchmuskeln.

Ausnahmsweise ignorierte ich den saudummen Spitznamen. »Weiß ich doch, aber was haben wir davon, wenn die Lebenden ein paar Kerzen für uns anzünden?«

Adele, die den Raum mit Girlanden und Zierkürbissen dekorierte, drehte sich zu mir.»Das kannst du natürlich nicht wissen, es ist ja dein erstes Allerheiligen bei uns.« Die junge Frau mit den kinnlangen dunklen Locken setzte sich neben mich.»Heute heben sich von Sonnenaufgang bis Sonnenuntergang die Schleier zwischen den Welten und wir dürfen passieren.«

Aufregung flatterte in meinem Bauch.»Wohin passieren?«

»Zu den Lebenden.«

Mein Herz trommelte los. Hinüber! Arvid! Die Erinnerung an seine leuchtend blauen Augen ließ auch mich innerlich leuchten. Okay, ich wusste, was ich drüben wollte, aber ...

»Was habt ihr in der Welt der Lebenden vor?«

Adele drehte einen Kürbis in der Hand hin und her.»Im Krieg tauschte ich meine Seele bei einem magischen Pfandleiher gegen einen Schutzzauber für meinen Verlobten Oswald, doch ich starb, ohne sie auslösen zu können.«

»Und heute suchst du Oswald?«

»Ich suche meine Seele«, versetzte sie, »Jahr für Jahr. Oswald lebt glücklich und dement im Pflegeheim am Westpark.« Tränen schwammen in ihren dunklen Augen.

»Ich kann nicht glauben, dass du keine Seele hast«, rutschte mir heraus.

»Ich bin seelenlos, nicht emotionslos. Verwechsle das nicht.« Sie zog die Nase hoch und erhob sich entschlossen. »Die Seele ist nur der Passierschein. Aber den brauche ich nun mal.«

»Ich brauche keinen Passierschein«, behauptete Zeno. Mit einem gewagten Salto sprang er auf den Boden, fischte aus dem Arzneimittelschränkchen eine Tube Sunblocker und begann sich überaus sorgfältig einzureiben. »Ich möchte mich heute einfach nur betrinken.«

»Mit Blut?«

»Mit nichts anderem.« Hier im Jenseits aßen und tranken wir nicht; Zeno bildete da keine Ausnahme. »Allein die Vorfreude lässt mir das Wasser im Munde zusammenlaufen. Das perfekte Rot! Die zarte Eisennote! Der herbe Abgang!« Zeno verdrehte schwärmerisch die Augen und setzte sich einen schwarzen Fedora auf seine Glatze. Eine verspiegelte Sonnenbrille und ein Trenchcoat komplettierten das Outfit.

»Vielleicht möchtest du herausfinden, was dich hier hält«, schlug Adele behutsam vor.

»Wenn ich es herausfinde, darf ich in den Himmel weiterziehen?«, hakte ich nach. Als ob ich nicht wüsste, warum ich noch hier war.

»Korrekt.«

»Oder in die Hölle«, warf Zeno ein. »Kommt darauf an, wie du dein Leben geführt hast.«

Also, wenn es danach ging, würde ich sicher in den Himmel kommen. Alle Pflegeeltern hatten mich geliebt, das höfliche, ordentliche Mädchen mit dem weißblonden Pferdeschwanz. Im Gegensatz zu einigen anderen Kindern aus dem Waisenhaus war ich nicht wieder »retourniert« worden, sondern aus den Familien abgehauen und freiwillig ins Heim zurückgekehrt.

Zu Arvid.

»Nimm es nicht zu schwer, wenn du ihn nicht findest«, raunte mir Ophelia zu.

Woher wusste sie bloß, wen ich suchte?

Sie lächelte nur und klopfte mir auf die Schulter. Was als freundschaftlich-sachte Berührung gedacht war, riss mich in ihrer Wucht fast von den Füßen.

»Es ist gleich soweit«, bemerkte Zeno.

Die Morgensonne kündigte ihren Auftritt an, das Dunkelgrau der Nachbarhäuser hob sich mehr und mehr vom verschwommenen Hellgrau der Umgebung ab.

»Dann auf zum Portal«, trieb uns Ophelia an. »Habt ihr eure Anker?«

Die anderen bejahten, zückten Taschenuhren, wedelten mit Sonnenbrille und Kapotthut. Ich hingegen blickte, wie so oft, verständnislos in die Runde.

»Nimm einfach den hier.« Ophelia warf mir einen warzigen Zierkürbis vom Küchentisch zu.

Aus Reflex fing ich das orange Gemüse auf und starrte es verdutzt an.

»Mit einem Gegenstand aus dem Jenseits kannst du zurückkommen und steckst nicht drüben fest.«

In der Welt der Lebenden feststecken?! Wer sollte schon sowas wollen ... Ich grinste.

»Das ist kein Spaß«, belehrte mich Adele. »Du bist körperlos und kannst dich nicht verständlich machen.«

»Du wirst erst einsam, dann verrückt und endest als irrer, gejagter Poltergeist«, setzte Zeno hinzu. »Denk nicht mal dran, Blondie.«

»Nicht im Traum«, gab ich, hoffentlich hinreichend schockiert, zurück und stopfte den Kürbis in meine Umhängetasche. Arvid würde mich nicht übersehen. Ich würde ihn finden, ihm zeigen, dass meine Liebe dem Tod mühelos standhielt und dann würde ich endlich meinen allerersten Kuss von ihm bekommen. Hoffentlich.

»*Das* ist das Portal?«, fragte ich ungläubig.

»Das ist *ein* Portal. Es gibt viele!«, präzisierte Zeno.

»Es ist irgendwie ... unspektakulär.«

»Es ist unauffällig«, widersprach Adele. »Die Lebenden kommen mit Magie und Tod nicht besonders gut zurecht.«

Im fahlen Licht des jenseitigen Morgengrauens waren wir, wie eine Vielzahl anderer Geister, Dämonen, Hexen und Vampire, beschwingt durch das Viertel marschiert und standen jetzt in der Warteschlange vor einem Matratzengeschäft an.

»Glaub mir, Blondie, es ist die perfekte Tarnung. Hast du dich denn nie gewundert, dass es fast an jeder größeren Kreuzung der Stadt einen Matratzenladen gibt? Wer soll denn all das Zeug kaufen?«

Zügig ging es voran. Nach zehn Minuten stand ich vor dem Spiegel, der die rückwärtige Wand des Verkaufsraumes einnahm. Hätte ich nicht den Übertritt der Passanten vor mir beobachtet, hätte ich gezögert. So jedoch tat ich es ihnen gleich und glitt durch die silberne Oberfläche – ein Summen, ein Vibrieren, ein Prickeln auf der Haut wie von tausend winzigen Stromschlägen ...

... und ich kam drüben an. Dass das Jenseits rein optisch nur eine gespiegelte Version des Diesseits darstellte, ich also in einem seitenverkehrten Matratzengeschäft ankam, hatte ich vorausgesehen. Die plötzliche Schärfe und grellen Farben jedoch ließen mich zusammenzucken.

Jemand rempelte mich von hinten an. »Weitergehen, Blondie.«

»Ich dachte, ich wäre unsichtbar. Unberührbar.«

»Bist du auch.« Zeno rückte seine Sonnenbrille zurecht. Ich konnte meine Reflexion in den Gläsern sehen. »Nur für dich und uns nicht. Die Lebenden können dich weder anfassen noch sehen.«

»Und dich?«

»Ich bin kein Geist. Ich habe zwar eine ausgeprägte Sonnenallergie und kein Spiegelbild, aber ansonsten bin ich hundertprozentig aus Fleisch und Blut. Und jetzt entschuldige mich, ich muss eine offene Bar finden.« Er wandte sich noch einmal um: »Denk dran, um sechs vor fünf geht die Sonne unter. Bis dahin musst du den Spiegel passiert haben. Danach ist er nichts als kaltes Silber und du hängst für ein Jahr hier fest.«

Auch Adele sah mir ernst in die Augen: »Mach dich rechtzeitig auf den Weg zu einem Portal. Du kannst auch ein anderes Matratzengeschäft nehmen, aber dann kommst du auch woanders raus und musst mit dem Bus nach Hause fahren. Steig auf keinen Fall in die Linie 666 ein, hörst du? Und ...«

»Schon klar.« Ich wedelte ihre Ermahnungen beiseite. Was juckten mich die Allerheiligen-Regeln! Ich wollte ohnehin nie wieder zurück.

Ähnlich wie durch den Spiegel zuvor schritt ich durch die geschlossene Glastür und stand einen Moment später zwischen buntem Herbstlaub auf dem Gehweg.

Adele erschien neben mir und umarmte mich. »Ich wünsche dir, dass du herausfindest, was dich hält, Zoe.«

Das wusste ich doch schon längst. Arvid hielt mich. Unsere Liebe verband uns wie ein Stahlseil, auch wenn momentan noch Welten dazwischen lagen. Aber das würde ich ändern. Mit einem Lächeln joggte ich los.

Keine zwei Minuten später ertönte plötzlich eine Stimme in meiner Nähe: »Mach mal langsam, sonst muss ich spucken. Und: nein, das wird keine Kürbissuppe sein.«

Ich sah mich um. Die Straßen lagen menschenleer vor mir, offenbar schliefen heute alle aus.

»Danke. Viel besser.« Die Stimme klang rau und erleichtert.

»Hallo?«, fragte ich neugierig.

»Hallo.«

Tatsache. Meine Tasche konnte sprechen. Ich hielt sie mir ans Ohr. »Seit wann ...«

»Schon immer. Hatte mich nur getarnt. Gibt immer eine Menge nerviger Fragen, wenn die Leute merken, dass Gemüse eine Meinung hat.«

»Gemüse«, echote ich perplex.

»Bist du dumm?«, erkundigte sich die Tasche. »Kein Problem, wenn's so ist. Dann schraube ich meinen Intellekt einfach auf dein Niveau hinunter.«

»Nein! Ich bin schlau«, verteidigte ich mich. Und weil das der Wahrheit entsprach, begriff ich endlich, wer mich da anpöbelte. Beherzt fasste ich in meine Tasche und zog den Zierkürbis heraus. Wo zuvor nur mit Rissen überzogene warzige Haut gewesen war, konnte ich nun deutlich Augen und einen Mund erkennen. Und der bewegte sich: »Uff. Merci. Stickig da drin. Servus, ich bin der Rudi, dein Anker.«

»Ich ... ich. Äh, ich ...« Im Augenblick konnte ich mich nicht mit der Wahrscheinlichkeit eines sprechenden Kürbisses befassen. Ich hatte eine Mission. Rasch stopfte ich das protestierende Gemüse zurück in meine Tasche und rannte weiter. Es dauerte nicht lange, ich musste nur den gespiegelten Weg zurücklaufen, den ich eben im Jenseits genommen hatte, und schon glitt ich durch die wohlbekannte Haustür.

»Wo sind wir?«, tönte Rudi. »Hol mich raus, ich will was sehen!«

Ich erbarmte mich. Jammerndes Gemüse war wirklich schwer zu ertragen.

»Danke. Was ist *das* hier? Sieht entsetzlich deprimierend aus.«

»Deprimierend? Das ist das Heim, in dem ich aufgewachsen bin.«

»Es ist grässlich bunt. Und diese scheußlichen Krakelbilder an den Wänden ... Halt! Nicht wieder in die Tasche stecken. Bin schon still.«

»Besser so.«

Eilig durchsuchte ich alle Räume, beachtete die Kinder und Jugendlichen, mit denen ich aufgewachsen war, nicht weiter. Bei meinem nächsten Besuch würde ich länger bleiben, doch zuerst musste ich Arvid finden. Ein Blick auf den Zimmerbelegungsplan im Sekretariat vergegenwärtigte mir, dass er nicht mehr hier wohnte.

»Er hatte Geburtstag«, ging mir auf.

»Er? Wer?«

»Arvid. Er ist jetzt achtzehn. Er musste ausziehen. Wo kann er nur sein?«

Plötzlich ging mir ein Licht auf: Allerheiligen! Bestimmt besuchte Arvid mein Grab und trauerte um mich. Also joggte ich weiter.

Ganz ehrlich? Zum allerersten Mal wusste ich meinen Zustand zu schätzen, denn egal wie viele Kilometer ich zurücklegte, ich ermüdete nicht. Mein – ohnehin überflüssiger – Atem blieb gleichmäßig, meine Geistermuskeln entspannt.

Es fühlte sich seltsam an, vor dem eigenen Grabstein zu stehen. Schön sah er aus, weiß und schlicht, *Zoe, 2004 – 2020*, darüber ein hübscher Marmorengel mit schützend ausgebreiteten Flügeln. Sicherlich hatte den die Stiftung gesponsert. Nur von Arvid sah ich keine Spur.

»Wo ist Kermit denn nun?«, erkundigte sich Rudi.

»Arvid!«, verbesserte ich wütend. »Keine Ahnung!«

»Was hat es mit dem Typen auf sich?«

»Ich liebe ihn.«

Rudi verzog angewidert das Gesicht. »Wieso besuchst du nicht deine Familie, wie es sich gehört?« Dieses Gemüse hatte offensichtlich kein Verständnis für Romantik.

»Ich habe keine Familie, ich bin ein Findelkind.« Das sagte ich ohne Verbitterung. Was man nicht kennt, kann man schließlich nicht vermissen, oder? »Ich habe ... hatte nur Arvid. Als ich ins Kinderheim kam, lebte er schon da. Er passte auf mich auf. Beschützte mich. Durchsuchte mit mir das ganze Haus, als ich Possi verloren hatte ...«

»Possi?« Rudi hob skeptisch eine Kürbisbraue.

»Mein Plüschopossum. Arvid nahm die Schuld auf sich, nachdem ich ein Fenster aus Versehen mit einem Ball zerdeppert hatte, und befreite mich aus dem Putzraum, in den die Fiesen Drei mich immer mal wieder sperrten. Er war immer für mich da. Und jetzt bin ich einfach nicht mehr für *ihn* da? Das geht doch nicht!«

Rudi machte ein Gesicht, als wolle er widersprechen, fragte aber lediglich: »Was ist passiert? Ich meine, wie bist du gestorben?«

Wollte ich antworten? Nein. Auf der anderen Seite hatte ich noch nie über meinen Tod gesprochen. Meine Mitbewohner im Jenseits ließ ich stets abblitzen, wenn sie danach fragten, ebenso die Weiße Frau, die sich anfangs täglich nach meinem Befinden erkundigt hatte. Doch Rudi war nur Gemüse ... warum also nicht?

»Stoßzeit am Stachus. Zu viele Menschen. Bin ins Gleis gefallen. U5«, presste ich hervor.

»Shit.«

»Schon. Und jetzt halt mal bitte den Mund, ich muss in Ruhe nachdenken.«

Ich rannte und rannte, während die Sonne über den Himmel wanderte, klapperte alle Orte ab, die Arvid mochte, Orte, an denen wir zusammen und glücklich gewesen waren, Orte, die uns etwas bedeuteten. Ich lief zum Alten Botanischen Garten, zum Friedensengel und zur Kapelleninsel. Ich suchte die Adressen seiner Freunde ab, seine Lieblingskneipe (»Heute wegen Feiertag geschlossen«), genau wie die Klamottenläden, in denen er gern einkaufte.

»Wie konnte sich Kermit das Zeug leisten?«, staunte Rudi. »Ich dachte, Waisenkinder wären arm.«

»Auch Waisenkinder dürfen sich Jobs suchen – Moment! Das ist es! Du bist ein Genie.« Ich gab dem warzigen Kürbisgesicht einen herzhaften Kuss und rannte wieder los.

»Wenn du schwebst, bist du übrigens schneller.«

»Echt?«

Tatsache. Und es machte riesigen Spaß.

Mein Herz trommelte vor Aufregung und Freude los, als ich Arvid in der Werkstatt der kleinen Schreinerei entdeckte. Der Inhaber arbeitete als Restaurator und hatte Arvid zuerst kleine, dann immer größere Jobs anvertraut. Mit Hingabe verpasste Arvid einem Werkstück gerade den letzten Schliff. Ich floss durch die Wand, schwebte näher.

»Ein Herz!«, seufzte ich.

»Also, ein Herz sieht völlig anders aus. Hast du mal einen Angus-Dämon bei der Arbeit beobachtet? Er ...«

»Halt den Mund. Es ist perfekt.« Das meinte ich ernst. Das Holz schimmerte warm in Arvids liebevollen Händen. Bestimmt wollte er es mir ans Grab bringen. Deswegen arbeitete er hier ganz allein an einem Feiertag. Tränen stiegen mir in die Augen, vor Liebe, vor Sehnsucht.

»Arvid«, flüsterte ich. »Arvid!«

»So wird das doch nix«, kommentierte Rudi ganz trocken.

»Streng dich mal mehr an, damit er dich auch wirklich hören kann!«

Und so schrie ich körperlos aus Leibeskräften, legte all meine Verzweiflung und meine ganze Hoffnung in diesen einen Schrei: »ARVID!!!«

Er zuckte zusammen und sah sich um.

»Ich bin hier!« Ich winkte und hüpfte, während mir die Tränen über die Wangen liefen. »Sieh mich! Bitte, bitte, bittebitte …«

Gerade wollte ich aufgeben, da blickte er genau in meine Richtung. In meine Augen.

»Zoe?« Nicht mehr als ein heiseres Flüstern.

»Arvid!« Ich schoss auf ihn zu – und er wich zurück. Verletzend, aber auch verständlich. »Keine Angst!«

Er rieb sich erst die Stirn, dann die Augen. »Das kann nicht sein.«

»Doch! Es ist Allerheilligen, weißt du?« Ich lachte und weinte gleichzeitig.

»Du redest wirr. Kein Wunder, dass sich der Bub fürchtet.«

Ich stopfte Rudi eilig in die Tasche. »Beachte ihn gar nicht, Arvid.«

»Du … du bist es echt …« Arvid näherte sich vorsichtig wieder. »Du bist durchsichtig.«

»Und ich vermisse dich so sehr!«

»Du fehlst mir auch.« Tränen standen in seinen Augen.

Eine Kirchturmuhr schlug viermal. Doch was kümmerte mich das! Ich schloss die Lücke zwischen uns und umarmte Arvid – nicht. Mist, ich war ja körperlos! Ich glitt halb durch ihn hindurch und das fühlte sich schaurig schön, grässlich und aufregend zugleich an. Ihm schien es ähnlich zu gehen, denn nach kurzem Zögern suchte er meine Nähe erneut.

Jetzt würden wir uns endlich küssen. Ich schloss erwartungsvoll die Augen.

Da klopfte es an der Hintertür, und eine hübsche junge Frau mit rotblonder Mähne steckte den Kopf in die Werkstatt herein.

»Hallo mein Schatz!« Schon hatte sie mir Arvid entrissen und ihn in eine Umarmung gezogen. Es war wirklich höchst frustrierend, keinen festen Körper mehr zu haben.

»Bist du so weit? Können wir los?«, fragte sie Arvid.

»Hallo Biona.« Er blickte rasch zwischen uns hin und her, offenbar unsicher, ob sie mich auch sehen konnte.

Alles in mir drehte sich, und es fühlte sich an, als würde mein Leib ein zweites Mal zermalmt werden, meine Knochen ein zweites Mal brechen.

Ich kannte sie. Sie hatte früher ebenfalls im Waisenhaus gelebt. Sie war neben mir am Bahnsteig gestanden. U5. Meine Atmung ging schneller.

»Was hast du da? Och, wie süß!« Sie hielt das Holzherz hoch und da sah ich es: Die hineingeschnitzten Buchstaben ergaben den Namen Biona. Nicht Zoe.

»Shit«, murmelte Rudi mitfühlend.

Die Feilen auf der Werkbank vibrierten leicht, die Lampen begannen erst zu schwanken, dann zu flackern.

»Machst du das, Zoe?« Arvids Stimme klang rau.

»Zoe?!« Biona blickte sich panisch um, ohne mich zu sehen. »Ist sie hier? Wie kann das sein? Ich hab sie doch –«

Arvid legte Biona schützend den Arm um die Schultern. »Sie ist … ein Geist oder sowas.«

»Ich bin deine Liebe!«, stellte ich wütend klar. »Deine einzige und ewige Liebe.«

»Natürlich liebe ich dich, Zoe«, versuchte er mich zu beschwichtigen. »Vom ersten Tag an. Wie meine kleine Schwester! Ich habe schon gemerkt, dass du das in letzter Zeit anders gesehen hast … Sei bitte nicht sauer, Zoe! Wir gehören doch trotzdem zusammen!« Er klang ehrlich. Und armselig. Wie er da stand, mit hängenden

Schultern und bebender Lippe, diese blöde, schlotternde Tussi im Arm.

Meine fassungslose Enttäuschung ließ mich und das ganze Gebäude erzittern, dann durchströmte mich lodernde Rage. Eine Glühbirne nach der anderen zerplatzte rundum.

Arvid hechtete mit Biona zur Tür, doch ich stellte mich ihnen in den Weg.

»Und den Mut, mir das zu sagen, hättest du nicht schon ein paar Monate früher aufbringen können? Dann wäre ich nämlich noch am Leben.«

Arvid starrte mich verständnislos an. Der Narr.

Draußen heulten Alarmanlagen los. Die Fensterscheiben zerbarsten. Meine Stimme dröhnte wie hundert Stimmen gleichzeitig: »Du hast mich umgebracht, Biona!«

»Es war ein Versehen!«, winselte sie.

»Aus Eifersucht. Um freie Bahn zu haben.«

»Es war ein Unfall!«

»Du lügst.« Mein Ausruf donnerte wie ein Orkan über sie hinweg. Ich schätze, jetzt konnte sie mich sehen. Und was sie sah, ließ sie loskreischen: »Ich hab's getan. Absichtlich. Ich hab dich geschubst. Es tut mir leid! Es tut mir so leid!!!«

Aus Arvids Gesicht wich jede Farbe. Er stieß Biona von sich, stolperte rückwärts, floh aus dem Laden. Doch das kümmerte mich nicht. Ich richtete meinen ganzen Zorn auf die heulende Frau vor mir: »Du wirst büßen, Biona. Ich verflu...«

»Stooopp!«, brüllte Rudi und zappelte wie wild in meiner Tasche – und brachte mich damit völlig aus dem Konzept. Das Beben endete abrupt, und meine Stimme klang zwar widerwillig, aber wieder menschlich: »Warum?«

Ich holte den Kürbis hervor.

»Ein Fluch gefährdet deinen Seelenfrieden, und dann ist die Himmelfahrt beim Teufel. Das ist die Trulla nicht wert.«

Einige zähe Sekunden lang kämpfte ich mit mir, dann siegte die Vernunft. Mit einem letzten, vernichtenden Blick auf Biona brachte ich das Holzherz in ihren Händen zum Glühen. Sie stieß einen Schmerzensschrei aus, da zerfiel es schon auf ihrer Handfläche zu Asche.

Erschöpft schwebte ich nach draußen und erst als Rudi überraschend teilnahmsvoll bemerkte: »Gut gemacht«, nahm ich meine Umgebung wieder wahr.

Herrje! Das Licht schwand!

»Wie spät ist es?«

In der Ferne schlug eine Turmuhr dreimal.

»Dreiviertel fünf, würde ich meinen. Du hast neun Minuten. Flieg!«

Oh, und *wie* ich flog. Der Wind peitschte mir die Haare ums Gesicht, wenn ich um die Ecken sauste.

»An jeder Kreuzung, von wegen!«, schimpfte ich. »Weit und breit gibt es kein Matratzengeschäft!«

Letztendlich landete ich vor dem einzigen Laden, den ich kannte – dem Portal, durch das wir morgens hergekommen waren.

Rudi trieb mich an: »Beeil dich! Ich spüre, wie sich das Portal schließt!«

Ich hechtete durch die Tür, über Matratzen und Kissen und schließlich mit einem verzweifelten Sprung auf die Spiegelfläche zu. Ich machte mich schon auf eine Kollision gefasst ...

... da glitt ich sanft durch das flüssige Silber des Portals und landete in Adeles Armen.

»Gottlob«, atmete sie auf.

Ich erwiderte ihre Umarmung fest.

Als ich mich von Adele löste, blickte ich in viele aufgeregte und freudige Gesichter: Zeno und Ophelia, Sven, der Schrat, die Weiße Frau, Karel, der Nachtkrapp, und die beiden Feuerputze Zfch und

Wschsch – alle warteten sie auf mich. Ihre Erleichterung und die weiche Atmosphäre des Jenseits umgaben mich wie ein behaglicher Kokon.

Zuhause, dachte ich testweise. Fühlte sich gut an.

»Wir haben uns schrecklich gesorgt, als du nicht aufgetaucht bist.«

»Ich fürchtete schon, du wärst doch in die Linie 666 gestiegen.«

»Der Stress um dich hat mir total den Blut-Suri verdorben, Blondie!«

»Jetzt bin ich ja wieder da, Glatzkopf.« Ich gab ihm einen Klaps auf seinen knochigen Hintern und wechselte einen knappen Blick mit Rudi, der zufrieden grinste. »Ist gerade noch mal gut gegangen.«

Lidia Kozlova-Benkard

Die Geister-(U-)Bahn

»Die Fahrt ist heute ganz schön ruckelig.« Laura gähnte laut, dabei streckte sie sich ausgiebig. Im zerkratzten Seitenfenster der U-Bahn konnte sie ihr müdes Gesicht sehen. »Was hast du gesagt?« Ihr Hund, ein großer, nussfarbener Mischling mit glattem Fell, schaute sie fragend an. Vor Verwunderung rieb sie sich die schweren Augenlider. *Oh, dieser Lärm! Mir kam es gerade vor, als ob Bello etwas zu mir gesagt hätte.* Sie schüttelte ihren Kopf. *Bestimmt bringt mich nur die stickige Luft durcheinander.*

»Alles ist gut«, sagte sie mehr zu sich selbst, ließ ihre Arme wieder fallen und kraulte Bello am mächtigen Nacken. Er legte sich wieder neben die dunkelblaue Sitzbank aus stinkigem Lederimitat, seinen großen Kopf auf die langen Beine gelehnt. Wie immer brummte er dabei genüsslich, während er es sich bequem machte. *Diese Gemütlichkeit haben wir gemeinsam*, dachte sie.

Trotz der späten Stunde oder, wie man es nahm, frühen Stunde, wuselte es von verkleideten Menschen in Halloween-Kostümen. *Im ersten Wagen, bei den vorderen Sitzen wackelt es normalerweise nicht so*, kam ihr in den Sinn, während sie nach vorne zur schmalen Fahrertür blickte.

Dabei raste die U-Bahn geradezu wie eine Achterbahn, sodass Lauras Körper in die Rückenlehne gepresst wurde. Ihr Blick fiel auf die bunten Werbeplakate, die zum Besuch eines berühmten Vergnügungsparks animierten und sie spürte sogleich das Kribbeln im Bauch. *Die Anzeige ist hier ja geschickt platziert.*

31

Hinter sich hörte sie lautes Gekicher, drehte sich um und bemerkte zwei junge Frauen, die bei diesem hohen Tempo lässig an der Stange im Wagengang standen. Die Stöckelschuhe, Nylonstrümpfe mit wärmenden schwarzen Stulpen und die Miniröcke mit dem karierten Muster – bis dahin war der Look hübsch, sexy. Doch darüber änderte sich der Anblick gewaltig und wurde unappetitlich. Eine aufgemalte Wunde im Dekolleté der einen Frau schien noch feucht zu sein und glänzte. Ihre roten Haare standen in verschiedene Richtungen ab. Schwarze Lippen und reichlich Make-up ließen die junge Frau wie eine böse Hexe erscheinen. Bei ihrer Begleiterin glänzten die Augen weiß, nur die Pupillen schwarz. Sie grinste. Na ja, eigentlich krauste sie ihre auffallend lange Nase, hob die schwarzgeschminkte Oberlippe und zeigte scharfe Zähne.

Gruselig.

Laura selbst mochte es nicht, sich zu irgendwelchen Anlässen zu verkleiden. Als Hundebesitzerin orientierte sie sich in der Kleiderwahl immer praktisch. Jeans und Oberteile variierten, dazu bequeme Sportschuhe – das war alles. Für das ganze Verkleidungstheater war sie nicht zu haben. Sie mochte allerdings die Aufmachung der ganzen Figuren in Onlinegames, wie heute bei Magg zu Hause. Ihre Freundin bestand ausgerechnet auf einen Zombie-Shooter. Eigentlich sollten sie sich lieber auf ihr Staatsexamen vorbereiten, stattdessen prokrastinierten sie und zockten zu lang in die Nacht hinein.

Na ja, morgen ist ein Feiertag. Da schlafe ich erstmal aus und dann lerne ich fleißig, dachte Laura.

Bellos dickes Fell wärmte sie. Laura rutschte nach links zum Fenster, lehnte sich nur kurz mit dem Kopf zur Seite und streckte ihren Arm entlang der schwarzen, klebrigen Gummiabdichtung. Plötzlich bremste die U-Bahn scharf mit unsäglichem Quietschen. Laura wurde nach vorne geschleudert, fing sich dabei mit Mühe ab,

Bello jaulte laut auf. Sie beide blieben unversehrt, konnten sich wieder gut aufraffen und ihre Plätze wie gewohnt in der Fahrtrichtung wieder einnehmen.

Dann wurde es dunkel im Wagen.

Ein Stromausfall?

»Die Weiterfahrt verzö ...« Die Stimme des U-Bahnfahrers verstummte röchelnd.

Jetzt flackerte das Licht im Wagen. Laura schaute nach oben auf einen der Bildschirme, diese zeigten nicht mehr die gewohnte Fahrgastinformation. Auf dem schwarzen Bildschirm pulsierte ein weißer Schädel mit gekreuzten Knochen. Schwarz, weiß – Dunkelheit und Licht wechselten abrupt und es knisterte elektrisch.

Ihre Augen schmerzten.

Die kleine Fahrertür vorne im Wagen öffnete sich mit solchem Schwung, dass sie an dem Polster des Sitzes abprallte. Auf der Schwelle erschien ein verkleideter Mensch mit einem breiten schwarzen Schlapphut und einer langen dunklen Robe. Er ähnelte dem Krakenmann aus einem bekannten Piratenfilm. Zumindest die beweglichen Tentakel in seinem Gesicht kamen Laura irgendwie bekannt vor. Im Mundwinkel steckte eine dunkle Pfeife, deren Qualm gewaltig nach Fäulnis stank.

»Na, wen haben wir denn da?«, krächzte der Krakenmann und fixierte sie mit seinen kleinen tiefsitzenden Augen.

Der böse Blick ließ sie frösteln. Laura wollte jedenfalls keine Konversation mit ihm führen und stand auf, um den Platz zu wechseln. Bello knurrte und erhob sich gleichzeitig, blieb aber abgeschottet hinter ihren Beinen stehen.

Laura wurde plötzlich unsanft an ihrer rechten Schulter gepackt, und sie spürte, wie sie wieder in die Sitzbank gedrückt wurde. Als sie sich umdrehte, sah sie, dass sich eine der Hexenfrauen, die mit den gruseligen Augen, über sie beugte, dabei kitzelten deren schwarze Locken sie im Gesicht.

Sie musste niesen. »Hatschi!«

»Gesundheit«, sagte Bello und dieses Mal staunte Laura nicht mehr, sondern antwortete höflich: »Dankeschön!«

Was passiert hier eigentlich?

Sie wollte sich aus dem festen Griff befreien, doch Angst lähmte sie. Ihr Bello schien sie mit seinem Blick zu ermutigen und sagte auch dazu: »Alles wird gut!«

»Was ist hier los? Warum werde ich von dieser Hexe festgehalten? Der Spaß hier wird rechtliche Konsequenzen für Sie haben!«, schimpfte Laura und schaute dem Krakenmann direkt in die Augen. Von seinem Blick ging eine eisige Kälte aus. Er setzte sich gemächlich ihr gegenüber hin, lachte unaufhaltsam und verschluckte sich dabei an seinem Rauch, was ihn trotzdem nicht davon abhielt, weiter zu lachen.

Laura suchte nach einer befriedigenderen Antwort auf ihre Frage und wurde nun von einem schlanken Gefolgsmann des Krakenmannes, der ebenfalls der Fahrertür entstieg, ins Visier genommen. Er trug einen eleganten Nadelstreifenanzug und hielt ein dickes Buch mit vielen bunten Post-its als Merkhilfen unter den Arm geklemmt. An der Stelle, wo sein Kopf sitzen sollte, thronte bei ihm ein violetter Kürbis mit gelb leuchtenden Augen und einer gezackten Mundöffnung. Zusätzlich trug er einen kleinen schwarzen Zylinder.

Der Kürbismann blätterte flüchtig in seinem Gesetzbuch, räusperte sich und erläuterte lakonisch: »In unserer Welt gelten eure Regeln und Gesetze nicht. Wir haben nämlich unsere eigenen.«

Ah, ein Gesetzeshüter ist auch dabei, sowas kann immer hilfreich sein, dachte Laura.

Sobald er aufhörte zu sprechen, reduzierte sich die Leuchtkraft, die aus seinen Gesichtsöffnungen kam. Die Stimme des Kürbisses schien etwas Elektronisches an sich zu haben.

Solche Effekte sind doch machbar, dachte Laura bei sich und starrte dem Kürbismann ins Gesicht, in der Hoffnung zwei Löcher für die Augen hinter der Maske zu finden. Nein, nichts – die Fläche schien überall durchgehend gleich zu sein. Was sollte sie nun glauben? Sie entschied sich zum Schein mitzumachen. Sicher war sicher.

»Also, was wollen Sie nun von mir?« Laura schützte ihre Augen mit der freien Hand vor dem grellen Monitorgeflacker, welches sich im Raum verteilte.

»Du spielst eine Partie Knochen mit mir, indem du rätst, unter welchem der drei Lederbecher das Kugelgelenk ist. Du hast ganze drei Versuche und musst nur einmal richtig raten, dann wirst du frei gelassen«, sagte der Krakenmann bestimmt. Sein Gehabe zeigte ihn als jemanden, dem man ohne weiteres gehorchte.

»Und wenn ich falsch liege, was passiert dann?« Unbehagen stieg in ihr auf.

»Tja, dann gehörst du mir. Du kommst mit in unsere Welt und wirst eine meiner zahlreichen Dienerinnen. Mal sehen, wofür du zu gebrauchen bist.« Der Anführer lachte erneut dämonisch auf.

Da kam ihr ein Gedanke und sie fragte zögerlich: »Was ist mit dem U-Bahn-Fahrer passiert?«

»Tot. Er wollte nicht mitspielen. Jetzt musst du dich entscheiden, was dir lieber ist.« Der Krakenmann streckte beschwörend seine schrumpeligen schlammgrünen Hände aus.

»Ich lebe lieber noch eine Weile.« Laura war froh, dass sie mit ihrem Bruder unzählige Male verschiedene Brettspielpartien geübt hatte. Dieses Training mit einem älteren, ihr überlegenen Spieler machte Laura nämlich richtig gut. Die Benommenheit wich endlich von ihr, und die starke Spiellust hatte sie ergriffen. Sie wollte ihr Glück versuchen.

Mit einer lässigen Handbewegung winkte der Krakenmann ein Katzenwesen herbei, das von der hinteren Seite des Wagens herangeschlichen kam. Das Katzenwesen bewegte sich geschmeidig und zupfte sich den schwarzen Schlips glatt, schüttelte sich bis zur Spitze seines gestreiften Schwanzes und stellte sich auf alle Viere zwischen Laura und den Krakenmann. Die rothaarige Hexe bedeckte den Rücken des Katzenwesens schwungvoll mit einem geblümten Schultertuch.

Die Köpfe der Katze und Bellos befanden sich gefährlich nah beieinander, was der Hund als Zumutung empfand und knurrte, während das Katzenwesen warnend fauchte.

»Aus!«, warf Laura nur kurz ihrem Hund zu.

Murrend drehte sich Bello um und legte sich sichtlich beleidigt und enttäuscht wieder hin. »So eine Frechheit!«, warf er noch mit dem abgewendeten Kopf hinterher.

Der Krakenmann streckte inzwischen fordernd und ungeduldig seine Hand aus. Daraufhin kramte die zweite Hexe hastig in ihrer Schultertasche und reichte dem Krakenmann einen blauen Stoffbeutel. Darin lagen drei Becher aus hellem Leder und ein Knochen in der Form einer Murmel. Das alles legte der Krakenmann auf den improvisierten Tisch.

Wenn diese Murmel wirklich ein Knochen ist, dann könnte ich mit Bellos Hilfe vielleicht gewinnen.

Aber wie konnte sie ihrem Hund mitteilen, was sie jetzt von ihm brauchte?

Sie ließ – versehentlich – die Leine aus ihrer Hand fallen. Rasch bückte sie sich und flüsterte Bello zu: »Bitte hilf mir, unauffällig den Knochen zu entdecken!«

Bello schaute sie nur an und sie hoffte, dass er verstanden hatte.

Laura richtete sich wieder auf. »Ich bin bereit!«

Der Krakenmann schob den Kugelknochen unter den linken Becher und fing an, die drei Becher zu rotieren.

Links, rechts, Mitte, schieb, schieb, schieb, schub, schub, schub.

Das Flackern der U-Bahn-Monitore lenkte Laura ab. Sie verlor den richtigen Becher aus den Augen.

»So, und wo ist jetzt der Knochen?«, fragte der Krakenmannn grinsend.

Laura dachte nach und entschied sich für den Becher auf der linken Seite.

Der Krakenmann grinste weiter und hob den Becher hoch – darunter war nichts.

»Noch zwei Versuche!« Er rieb sich zufrieden die Hände. Der Kugelknochen war plötzlich zwischen seine Finger geklemmt, und jetzt legte er ihn unter den mittleren Becher.

»Halt, schalten Sie bitte dieses grässliche Geflacker ab!« Übermütig forderte Laura für sich eine etwas bessere Spielsituation, denn das konnte ihr helfen, zu gewinnen.

Der Krakenmann stockte kurz, hob aber die linke Hand und tippte mit seinem krummen Zeigefinger zwei Mal in der Luft. Die Monitore blieben jetzt ruhig und zeigten statisch eine Piratenflagge.

»Los!« Wieder mischte er die Becher verdeckt auf dem Rückentisch – husch, husch, husch. Misch, misch, misch.

Laura schaute zu Bello, der schüttelte nur den Kopf. Also musste sie jetzt aufs Geratewohl einen Becher aufdecken. Sie entschied sich für den mittleren.

»Hoppla – schon wieder leer!« Der Krakenmann klatschte in die Hände – Bello blaffte und das gebückte Katzenwesen schreckte hoch. Dabei kippten alle drei Becher um. Der Kugelknochen aber fand sich unter keinem von ihnen.

»Ha, Sie schummeln! Ich habe so aber überhaupt keine Chance, richtig zu raten! Was sagen Sie dazu, Herr Kürbismann?«, wandte sie sich an die schlanke Gestalt, die das Spiel mitverfolgte.

Wieder räusperte sich der violette Hüter der Gesetze aus der Parallelwelt. »Es ist, in der Tat, auf diese unehrliche Weise nicht möglich, jemanden in die andere Welt mitzunehmen!«, wandte er zögernd ein.

»So, spielen Sie jetzt gefälligst ehrlich, ich kontrolliere dann die Becher!«, wagte Laura ihren Ärger zu äußern.

Der Kugelknochen wanderte unter den rechten Becher, wobei der Krakenmann mit seinen schmutzigen Zähnen knirschte. Schieb, schieb, schieb. Misch, misch, misch.

Sie fixierte diesmal noch aufmerksamer die Becher, und ein sicheres Gefühl breitete sich in ihr aus, dass der Kugelknochen unter dem rechten Becher lag. Bello stieg ihr mit der großen Pfote auf den rechten Fuß.

Das ist doch ein Zeichen! Er riecht das, was ich mir auch schon denke.

»Hier ist der Kugelknochen«, sagte Laura und hob den rechten Becher. Ja, sie hatte recht gehabt! »Da bin ich aber froh! Und nun?«, fragte Laura erwartungsvoll.

Der Krakenmann stampfte verärgert mit den Füßen auf, holte wütend tief Luft und blies ihr seinen stinkenden Rauch direkt ins Gesicht.

Lauras Augen brannten, Tränen quollen hervor und sie bekam keine Luft. Jetzt hörte sie lautes Poltern vieler Füße. Ein kalter Luftzug streifte sie an den Wangen.

Allmählich wurde es still und vollkommen dunkel um sie. Sie versuchte ihren steifen Körper zu strecken. Aus der Jeanstasche holte Laura ein gebrauchtes Taschentuch und wischte sich das tränennasse Gesicht trocken. Sie tastete nach ihrem Rucksack neben sich und fischte ihr Telefon zwischen all den Büchern und Kram heraus. Die Uhrzeit schockierte sie – 4.15 Uhr.

Ihr wurde mulmig, als sie daran dachte, zum U-Bahn-Fahrer in die Kabine zu blicken. Sie schaltete die Telefontaschenlampe an und wappnete sich. Entschlossen stand Laura auf und zog Bello an seiner Leine näher zu sich. Die Hand an der Klinke, atmete sie tief ein und zog die Tür auf. Sie öffnete sich. Vorsichtig trat Laura ein und schaute sich um. Den leeren Fahrerraum dominierte der ruhende

Displaytisch mit vielen Hebeln und Schaltern. Sie beleuchtete eine vergessene dunkelblaue Jacke, die an dem Fahrersessel hing.

Laura seufzte erleichtert auf.

Vermutlich war sie völlig übermüdet eingeschlafen, und man hatte sie in der U-Bahn vergessen, die über Nacht auf einem Abstellgleis blieb. Nach ihrer Vorstellung sollte bald die Frühschicht beginnen, und sie würde entdeckt und abgeholt werden.

Es blieb ihr nichts anderes übrig, als wieder auf ihren Sitzplatz zurückzukehren und abzuwarten. Beim Verlassen der Fahrerkabine glitt ihr Fuß auf etwas aus, und sie fiel unsanft auf ihr Hinterteil.

»Mist!« Laura rieb sich an der schmerzenden Stelle. Sie schüttelte den Kopf und wollte sich aufrappeln. Darauf wartete schon ihr Hund, der seinen großen Kopf stützend unter ihre rechte Hand schob.

»Danke, Bello!« Sie vergrub ihre Finger in seinem dichten Fell. Mit ihrer linken Hand stützte sie sich auf dem kalten Boden ab und berührte dabei etwas Hartes. Sie nahm es hoch und leuchtete mit dem Handy auf das Fundstück in ihrer offenen Handfläche. Die Knochenmurmel des Krakenmannes.

Kornelia Schmid

Zwischen Ewigkeitssteinen

Prall und orange gediehen sie in seinem kleinen Beet. Sieben Stück, einer schöner als der andere. Im abendlichen Dämmerungslicht glühten sie beinahe wie kleine Sonnen zwischen grünen Blättern. Marguras ließ einen zufriedenen Blick über seine Schätze schweifen, bevor er sich abwandte und in seine Hütte ging. Er lebte einsam am Rand eines Waldstücks. Nie kam jemand aus dem Dorf zu ihm herauf. Sie fanden ihn seltsam. Aber mit *seltsam* konnte er leben, solange sie ihn nicht *verdächtig* fanden und nicht hinterfragten, wie ein alter Mann eigenhändig eine solche Hütte hatte errichten können. Marguras kochte Wasser für einen Tee und ärgerte sich über die Rufe der Krähen.

Später, kurz vor dem Zubettgehen, überzeugte er sich noch einmal, dass seine Sieben alle an ihrem angestammten Platz und unversehrt waren. Unten im Dorf sagten die Leute, dass in letzter Zeit Räuberbanden durch die Wälder zogen. Seitdem verfolgte ihn die Vorstellung, Fremde könnten durch sein Beet trampeln. Dann würde er hinaus müssen, um sie mit seinem Wanderstab das Fürchten zu lehren. Keine erbauliche Vorstellung. Doch alles blieb ruhig, und nur Mondlicht berührte die Sieben.

Marguras wollte sich schon vom Fenster abwenden, als ihm auffiel, dass doch etwas anders war. Kleine gelbe Lichttupfen flatterten durch die Luft. Glühwürmchen? Gewöhnlich flogen sie nur im Sommer über seine Beete. Marguras runzelte die Stirn und trat hinaus. Nachtluft kühlte seine Haut. Im nahen Wald schrie eine Eule. Die Lichttupfen verharrten, sie entsprangen nicht seiner Einbildung. Doch sie schwirrten nicht gleichmäßig wie sonst, sondern kreisten um einen einzelnen Fleck im Beet.

»Scht!«, machte Marguras und wedelte mit den Armen. Doch die Glühwürmchen zogen nicht davon. Im Gegenteil, sie ließen sich direkt auf seinem größten und fettesten Kürbis nieder, sodass dieser in unheilvollem gelbem Schein erstrahlte.

Seufzend stieg Marguras durchs Beet. Doch gerade als er den Kürbis erreichte, ballten sich die Glühwürmchen zusammen und drangen durch seine Schale. Leuchtende Augen bildeten sich heraus, in der Oberfläche formte sich ein Mund. Erschrocken stolperte Marguras zurück.

»Endlich habe ich dich gefunden.« Die Stimme klang dunkel und völlig unpassend für einen Kürbis.

Marguras sah sich um, doch die mondbeschienene Nacht war wieder ruhig, und niemand außer ihm befand sich in der Nähe. »Aber ... du warst doch schon die ganze Zeit hier, Kürbis«, sagte er vorsichtig.

»Kürb...« Der Kürbis stieß ein grollendes Lachen aus. »Ich bin es: Holbian.«

»Oh!«, rief Marguras. Nach allem was damals passiert war, hatte er nicht damit gerechnet, diesen Namen jemals wieder zu hören. Offenbar meinte es das Schicksal böse mit ihm. Marguras wirbelte herum und flüchtete in sein Haus. Hastig griff er nach seinem Wanderstab, der neben seinem Hutständer lehnte – und eigentlich gar kein Wanderstab war.

Er atmete tief durch und näherte sich, die Spitze des Stabs schützend vor sich gestreckt, erneut dem Beet. Deutlich rezitierte er ein altes Wort, und am Ende des Stabs glühte eine orangefarbene Flamme auf. Marguras drückte das magisch lodernde Holz auf den besessenen Kürbis und schrie laut: »Weiche!« Und noch einmal: »Weiche, Dämon!«

Das Gelb aus dem Inneren des Kürbisses strahlte heller und

schnappte wie eine Hand nach der Spitze seines Stabs. Die Zauber-
flamme erlosch, und Marguras stolperte zurück. *Verdammt.* Das
musste daran liegen, dass er außer Übung war.

»Wie kannst du es wagen!«, dröhnte Kürbis-Holbian. »Glaubst
du inzwischen an deine eigenen Lügen?«

Marguras befeuchtete sich die Lippen. Mit Zaubern kam er hier
offenbar nicht weiter. Kurz erwog er, seinen Wanderstab einfach in
den Kürbis hineinzurammen – aber die Vorstellung ließ Übelkeit
in seinen Magen quellen. Armes Kürbislein. Besessen von einem
bösen Geist. Womit verdiente er das? Marguras tupfte sich mit dem
Ärmel Schweiß von der Stirn.

»Du weißt, warum ich hier bin«, sagte Kürbis-Holbian.

Marguras rammte seinen Stab in den Boden und winkte ab. »Ach,
das waren nur Jugendsünden. Lass das doch ruhen.«

»Ruhen?« Holbian schnaubte laut. Wie machte er das nur mit
diesem Kürbismund? »Du hast meine Seele in einen Ewigkeitsstein
gebannt.«

Das konnte er schwerlich abstreiten. Marguras räusperte sich.
»Nun ja.«

»Und behauptet, du hättest es getan, weil ich ein Dämon wäre.«

Marguras zuckte mit den Schultern. »Irgendetwas musste ich
sagen.« Schließlich galt es nicht gerade als eine erlaubte Sache, die
Seele eines Mitschülers in einen Ewigkeitsstein zu bannen. Oh, das
hätte sehr unschön für ihn ausgehen können. Doch glücklicherweise
reagierten die Meister größtenteils sehr empfindlich, was teuflische
Wesen betraf und ließen im Zusammenhang mit der Erwähnung des
Wortes *Dämon* so gut wie alles durchgehen. Wie auch immer ... Das
Ganze musste wie lange her sein? Ein halbes Jahrhundert? Mehr?
Was die Frage aufwarf, warum ihn Holbian jetzt erst heimsuchte.
Marguras runzelte die Stirn. »Moment ... Wie ist deine Seele denn
überhaupt aus dem Ewigkeitsstein entkommen?«

»Ja, das wüsstest du gerne, was? Ich hatte viel Zeit, Fähigkeiten zu entwickeln, um die mich so mancher Meister beneiden würde!« Noch einmal lachte Holbian seltsam dunkel auf, verstummte jedoch allzu schnell. »Mein Körper ist jedenfalls noch dort, weil er von deinem Zauber gehalten wird. Deswegen wirst du nun aufbrechen, um ihn zu lösen.«

Soweit kommt's noch. Marguras verschränkte die Arme. »Und wenn nicht?«

»Dann erzähle ich den Menschen im Dorf, dass du früher ein Zauberer warst.«

Marguras legte den Kopf schief. »Also ob sie einem sprechenden Kürbis glauben würden.«

»Ich kann auch in andere Objekte fahren.«

Mist. Im Dorf hielt man nichts von Zauberern und jagte sie mit Mistgabeln davon. Ihn jedenfalls hielten die Leute für einen verschrobenen alten Mann – nicht mehr. Wo sollte er Käse und Milch herbekommen, wenn sie ihn nicht mehr ins Dorf ließen? Und die Hühnereier! Er aß gerne welche zum Frühstück. Oh, und der gute Wein von Boldro. Auf den konnte er auf gar keinen Fall verzichten. Marguras kratzte sich am Kopf. Bevor er den Zauber brach, würde er Holbian schwören lassen, diese Sache als vergolten zu betrachten. *Ja, so könnte es gehen.* »Also gut«, sagte er. »Ich packe mir nur schnell ein paar Sachen zusammen.«

»Tu das«, erwiderte der Kürbis huldvoll.

Marguras wandte sich um und schnitt eine Grimasse. Drei Tagesmärsche mit einem Kürbis unter dem Arm. So sehr er seine Schätzchen auch liebte – er konnte sich Schöneres vorstellen.

Als er das Messer ansetzte, spürte er seelische Schmerzen, obwohl er noch nicht einmal richtig zugedrückt hatte. So lange schon hegte und pflegte er seine Sieben. Und jetzt sollte einer von ihnen vorzeitig abtreten? In den nächsten Tagen wäre er sicher noch größer geworden. Und überhaupt ... wer würde sich um die anderen kümmern, solange er fort war? Er musste diese Sache schnell erledigen, damit er wieder zurückkehren und sein ruhiges Leben fortführen konnte. Dass die Zauberei nur Unglück brachte, hatte er schon vor Jahrzehnten erkannt. Wenn er sich beeilte, vielleicht würde er die Reise in fünf statt sechs Tagen schaffen? Ja, darauf musste er hoffen.

Marguras biss die Zähne zusammen und säbelte den Pflanzenstrang durch. Dann hob er den Kürbis auf und nahm ihn unter den Arm.

Holbians gelb leuchtende Augen beobachteten ihn dabei. »Glaub nicht, dass du meinen aktuellen Körper als Reiseproviant nutzen kannst.«

»Das hatte ich nicht vor«, sagte Marguras und schüttelte sich bei dem Gedanken. *Rohes Kürbisfleisch essen. Brrr.*

Im Dunkeln folgte er dem schmalen Trampelpfad in den Wald. Das Mondlicht erhellte die Konturen der Bäume nur notdürftig, und Marguras' Hose blieb immer öfter im Brombeergestrüpp hängen. Es kostete Zeit, die Stacheln wieder aus dem Stoff zu zupfen und ihm blieb das Gefühl, dass er nicht alle erwischte.

Nach einer Weile erreichte er einen größeren Weg, auf dem er sich besser zurechtfand. Rechts ging es bergab in Richtung Dorf, links hinaus in die große weite Welt – die er schon vor Jahren hinter sich gelassen hatte. Seufzend wandte sich Marguras ihr zu.

Immerhin konnte man von Holbian sagen, dass er ein angenehmer Reisegefährte war, denn er schwieg die meiste Zeit. Ein anderer hätte vielleicht von früher erzählen wollen. Über die gute alte Zeit plaudern, in der sie beide als Lehrlinge die Zaubererschule besuchten. Als sie sich in dasselbe Mädchen verliebten... und darüber in Streit geraten waren. Marguras seufzte. Wenn er gewusst hätte, dass sich Nalas Herz nicht damit gewinnen ließ, Holbian in einen Ewigkeitsstein zu bannen, hätte er es vielleicht nicht getan. Vielleicht.

Am Morgen zogen Nebelbahnen durch den Wald und hinterließen Feuchte auf den gelben Blättern der Bäume. Marguras machte eine Pause auf einem Stein am Wegrand. Er fröstelte, während er Brot und Käse auspackte und ein kümmerliches Frühstück zu sich nahm. Zwar würde er Boldros Wein niemals am Morgen trinken – dennoch wäre ein Becher davon jetzt ausgesprochen motivierend. Marguras seufzte. Wenn ihn nun jemand sah, wie er da mit seinem Kürbis hockte ... alle würden ihn für verrückt halten. Vielleicht war er das auch. Was, wenn er sich alles nur einbildete? Marguras blickte auf den Kürbis hinab. Dessen Augen glommen gelb, sein Mund war geschlossen. Ansonsten regte er sich nicht. Wie sollte er auch.

»Woher weiß ich überhaupt, dass du wirklich Holbian bist?« *Und kein Dämon.* Oder einer der anderen, die ihn nicht leiden konnten. Da waren in seinem langen Leben schon ein paar zusammengekommen.

»Welche Rolle sollte das spielen?«, fragte der Kürbis zurück.

Marguras zuckte mit den Schultern. »Dann würde ich mich besser fühlen.« *Ein wenig zumindest.*

»Besser.« Kürbis-Holbian brachte erneut ein Schnauben zustande. »Du fühlst dich immer noch viel zu gut. Hast du denn kein Gewissen?«

Nach all den Jahren? Marguras kaute die Brotrinde weich und schluckte. »Ich habe dich nicht umgebracht. Also beschwer dich nicht.«

Holbian schwieg dazu. Der Nebel fing den Schein aus seinen Augen ein.

Nach einer Weile hob Marguras den Kürbis wieder auf und setzte den Weg fort. Die Sonne musste längst aufgegangen sein, aber der Dunst trübte seine Umgebung weiterhin. Er passierte einen plätschernden Bach und stillte seinen Durst.

Mit der Zeit wurde Holbian schwer im Arm und Marguras spürte die glatte Kürbisschale immer deutlicher unter seiner Handfläche.

Es hatte etwas Intimes, Holbian durch diesen Wald zu tragen, sodass die anfangs wohltuende Stille mit der Zeit unangenehm wurde. Marguras räusperte sich. »Wie soll das überhaupt funktionieren? Ich kann mich gar nicht mehr genau an meinen Zauber erinnern.« Was auch der Wahrheit entsprach. Einen perfiden Plan hatte es nicht gegeben – lediglich eine passende Gelegenheit.

»Das wirst du, wenn du erst einmal dort bist«, sagte Holbian.

»Hm.« Marguras fragte sich, was ihn so sicher machte. Schon in der Schule damals hatte er nicht gerade in Gedächtnisleistungen geglänzt. Er arbeitete mehr intuitiv – und das funktionierte genauso gut.

»Die Ewigkeitssteine sind ein Ort besonderer Magie«, sagte Holbian.

Marguras rollte mit den Augen. »Ich weiß.«

»Dort sind Dinge möglich, die an anderen Orten nicht funktionieren würden«

»Ist mir klar.« Deswegen hatte er damals schließlich diesen Platz gewählt. Marguras nahm den Kürbis unter den rechten Arm und seinen Wanderstab in die linke Hand. Wenigstens lag kein langer Weg mehr vor ihnen, tröstete er sich.

Von weitem fiel der Hügel kaum auf. Eine Erhebung, bewachsen von hohem Gras, verdorrten Disteln und verbliebenen Herbstblumen. Nur ein Zauberer würde die Barriere aus Magie spüren, die die Ewigkeitssteine von den Blicken normaler Sterblicher abschirmte. Marguras beschleunigte seine Schritte und erklomm den Hügel. Als er die Grenze passierte, kribbelte seine Haut, als würden Ameisen über sie laufen. Dann sah er die Steine.

Mehr als mannshoch ragten sie auf und bildeten einen Kreis. Die Witterung hatte ihnen kaum zugesetzt. Stattdessen verharrten sie glatt und grau, nur befleckt von orangefarbenem Abendsonnenlicht.

Marguras erinnerte sich nur undeutlich an seinen letzten Besuch hier – damals, mit Holbian. Aber es war ohne Frage der richtige Ort. Denn in seiner Mitte lagen noch die Knochen, die einst Holbian gehört hatten. Marguras trat näher und betrachtete das Skelett. Die Sonne hatte es gebleicht. Haut- und Gewebereste waren längst vergangen. Es gab nichts, was toter hätte sein können als dieser Leichnam.

»Das ist dein Körper?« Marguras runzelte die Stirn und setzte den Kürbis neben sich ab. »Da ist doch nichts mehr dran. Ich verstehe nicht, wie du da hinein wollen ...«

Um ihn herum flimmerte die Luft. Marguras stockte und sah sich um. Weißes Licht wirbelte wie dichter Herbstnebel um ihn herum. Als es seine Haut berührte, gruben sich kalte Finger in sein Fleisch. Marguras schrie auf. Um ihn herum leuchteten die Ewigkeitssteine. Die Strahlen, die von ihnen ausgingen, durchdrangen ihn wie Stacheln, die Marguras in ihrem Kreis festhielten. Ein Glühwürmchenschwarm stieg von dem Kürbis auf und stieß auf Marguras zu. Er wollte ausweichen, aber sie fuhren zielsicher in seine Brust.

Marguras fiel. Er fiel und sah gleichzeitig, wie er aufrecht stehen blieb und die Arme ausbreitete. Marguras wollte sich bewegen, wollte irgendetwas tun. Aber sein Körper gehorchte ihm nicht mehr. Stattdessen glitt Marguras durch eine nebelweiße Gegenwelt wie ein Ertrinkender in einem reißenden Fluss. Als er endlich Halt an etwas fand, klammerte er sich daran fest. Sein Körper beugte sich zu ihm hinab, auf dem Gesicht ein hämisches Lächeln. Marguras schrie auf und schirmte seinen Blick ab.

Der Duft von Kürbis füllte seine Nase. War es schon soweit? Er hatte doch noch keinen seiner Sieben geerntet. Oder doch ... einen hatte er vom Stiel geschnitten. Jetzt erinnerte er sich wieder an seine Stimme.

Marguras sah sich um.

Die Ewigkeitssteine ragten im Sonnenuntergang blutrot um ihn herum auf. Sie erhoben sich viel höher als in seiner Erinnerung. Und glühten so mächtig ...

Vor ihm stand ... er selbst. Zumindest war es jemand, der genauso aussah wie er. Derselbe graue Bart, derselbe dunkelgrüne Mantel, den er vor drei Jahren erstanden hatte. Sogar derselbe Wanderstab in seinen Händen. Nur sein Gesichtsausdruck war anders. Marguras würde niemals so dämlich grinsen. Der andere wusste offenbar nicht, wie sehr ihn das entstellte.

»Damit hattest du nicht gerechnet, was?«, sagte der andere mit Marguras Stimme. »So lange habe ich es geplant. Endlich ist es so weit. Und es hat funktioniert!«

Marguras blinzelte. Seine Lider waren seltsam schwer und sein Mund öffnete sich nur mühsam. »Holbian?«

Der andere nickte. Dann hob er den Fuß und grinste noch breiter.

Kälte schoss durch Marguras' Inneres. »Oh nein, das wagst du nicht!«, rief er. »Wag es ja nicht!«

Holbians Fuß zerstampfte die Schale und drang tief ins Innere des Kürbisses. Orangefarbenes Mus verteilte sich auf dem Boden. Kerne flogen ins Gras. Das Leuchten, das den Kürbis am Leben gehalten hatte, erlosch und gelbe Funken stoben durch den Steinkreis.

Holbian nickte zufrieden. Pfeifend lief er den Hügel hinab.

Saskia Dreßler

Die gruseligste Nacht des Jahres

Die hellen Strahlen der Sonne schienen auf ein Mädchen herab, das über die Abfallhaufen kletterte. Sie suchte sich ganz alleine ihren Weg. Über der Müllhalde lag ein tiefes Schweigen. Nur ab und zu erklang ein Klappern und Scheppern, wenn unter den Füßen des Mädchens ein loses Stück Metallschrott durch einen unvorsichtigen Schritt nach unten rutschte.

Das Mädchen trug ein rotes Stoffbündel auf dem Rücken und kroch eher über den Müll als dass sie ging. Verfilzte lange braune Haare hingen ihr in die Stirn, die blaue Hose war verblichen und abgewetzt. Statt einer Jacke trug das Mädchen eine Art Weste aus Sackleinen. Die Ärmel schienen irgendwann einmal gewaltsam abgerissen worden zu sein.

Je höher die Sonne stieg, desto wärmer wurde es. Dem Mädchen lief der Schweiß über das verschmierte Gesicht. Sie hielt inne und rieb sich mit dem nackten Arm über die Stirn. Dann ließ sie misstrauisch den Blick über die Berge aus Abfall schweifen, doch sie konnte nichts erkennen. Niemand war da. Das Mädchen setzte ihren Weg fort.

Wie lange sie nun schon alleine durch die Welt stampfte, wusste sie nicht. Die Zeit spielte keine Rolle mehr. Es gab nur noch das Aufgehen der Sonne, einen langen und beschwerlichen Marsch und das Untergehen der Sonne. Hunger und Durst bestimmten dabei den Weg. Das Mädchen wusste, dass sie nicht immer allein unterwegs gewesen war, doch an diese andere Zeit erinnerte sie sich kaum. Sie wusste, dass damals jemand sie begleitete. Jemand, der sie beschützte und ihr den Weg wies. Nur an das Gefühl von Sicherheit konnte sie sich erinnern. Alles andere verblasste und verschwand schließlich – bis auf ihren Namen. Anna. Heute benutzte ihn zwar niemand mehr, aber sie selbst rief sich in Gedanken oft noch so. Ganz selten traf Anna auf andere Menschen. Meist erschienen sie nur als entfernte Gestalten, die auch ihren Weg durch den Müll suchten. Diese Menschen waren ebenfalls Müllsammler, doch um sie machte Anna lieber einen großen Bogen, denn man wusste nie, was andere Menschen planten. Anna konnte sich noch ganz genau an den Tag erinnern, an welchem sie Zeugin wurde, wie eine Horde von Müllsammlern einen Jungen jagte. Sie brachten ihn schließlich zu Fall, johlten laut und schleppten ihn mit sich. Am Abend konnte Anna von ihrem Versteck aus noch lange ihr Feuer sehen und den Geruch von gebratenem Fleisch riechen. Seit diesem Tag reiste das Mädchen noch vorsichtiger. Zwar suchte sie tagsüber weiter nach verwertbarem Müll, aber nachts versteckte sie sich so gut es ging. Meistens waren ihre Verstecke nicht gemütlich, dafür aber sicher, und so machte dies Anna nichts aus. Ihr Leben bedeutete ihr mehr als Bequemlichkeit.

So wanderte sie Tag für Tag weiter nordwärts. Inzwischen hatte sie ihr Weg so weit in den Norden geführt, dass die Nächte immer kälter wurden. An diesem Morgen hatte Raureif Annas Versteck bedeckt.

Doch was blieb ihr anderes übrig? Sie konnte sich nicht hinsetzen und warten, bis die anderen Müllsammler sie fanden. Anna musste laufen, solange sie noch laufen konnte. Sie wusste nicht, was sie sich erhoffte, am Ende des Weges zu finden. Oder ob es je ein Ende geben würde. Aber wenn sie nicht in Bewegung blieb, Abfall suchte, überlebte, dann endete sie so wie der Junge. Diesen Satz sagte sie sich immer wieder. Wenn ihre Füße sie nicht weitertragen wollten. Wenn ihre Hände bluteten, weil sie sich an einem scharfen Stück Metall schnitt.

Dadurch vergrößerte sich ihr Mut zwar nicht, aber die Angst trieb sie voran.

Anna versuchte, einen Müllberg hinabzusteigen, doch sie rutschte mehr als dass sie lief. Plötzlich verfing sich ihr Fuß in dem Henkel einer Plastiktasche. Anna erschrak, stieß einen kurzen Schrei aus und rollte den Hügel herunter. Dabei stieß sie sich an mehreren Plastikbechern, ritzte sich an irgendetwas Scharfkantigem ein Stück vom Unterschenkel auf und versuchte, mit ihren Händen den Sturz abzumildern. In der Senke blieb sie eine Weile bewegungslos liegen. Ihr ganzer Körper pochte, und sie spürte jeden einzelnen blauen Fleck und Riss an ihm. Der Müll um sie herum stank erbärmlich nach Moder und Fäkalien. Wenigstens schien ihr die Sonne nicht mehr auf den Kopf. So kurz vor dem Untergehen schaffte sie es nicht mehr bis in die Senke.

Langsam setzte Anna sich auf und tastete vorsichtig über ihren Körper. Bis auf den Riss schien sie keine weiteren Verletzungen zu haben.

In der Senke gab es nicht viel zu sehen. Hier schien der Bodensatz des Mülls gelandet zu sein – also das, was niemand sonst haben wollte und achtlos nach unten warf. Anna seufzte leise, als sie sah, wie weit sie wieder nach oben klettern musste, um ihren Weg fortzusetzen. Der Hügel erschien ihr auf einmal riesengroß und unüberwindbar. Wie gerne hätte sie sich einfach ausgeruht ... doch dieser Platz erschien nicht sicher. Es gab keine Versteckmöglichkeiten vor anderen Sammlern, und auch der Kälte würde sie hier unten nicht entfliehen können.

Mühsam stand Anna auf, drückte die Knie durch und angelte ihr rotes Bündel. Durch den Sturz hatte sich der Knoten geöffnet, und der Inhalt lag kreuz und quer verstreut. Sorgfältig begann sie, die alten angebissenen Müsliriegel, den ausgebeulten Topf, die losen und verblichenen Blätter, die fast leere Plastikflasche und den Kopf des Teddybären wieder zu ordnen. Ihr ganzer Besitz, und auf diesen gab sie besonders acht. Ohne die Müsliriegel hätte sie nichts mehr zu essen, und der Topf konnte ihr als Waffe noch gute Dienste leisten. Den Bärenkopf und auch die Blätter behielt sie aus nostalgischen Gründen. Den Bären besaß sie, seit sie denken konnte, und die verblassten Bilder auf den Blättern zeigten eine Welt aus einer entfernten Zeit. Bevor die Farbe immer heller wurde, zeigten die Bilder grüne Wiesen, ein viereckiges Gebäude und lachende Menschen. Anna kannte kein Gras, aber sie stellte sich vor, dass es herrlich sein müsste, darauf herumzulaufen. Nach was es wohl roch? Vielleicht nach verfaulten Orangenschalen? Orangenschalenduft mochte Anna am liebsten, doch leider hatte sie schon sehr lange keine mehr gefunden.

Nachdenklich starrte Anna die Blätter an, bevor sie sie ganz unten in ihr Bündel packte. Gab es wirklich einmal eine Zeit ohne Müll? Wie lebten die Menschen damals, und warum fristen sie ihr Dasein jetzt im Abfall? Was war passiert? Oft stellte sie sich diese Fragen, doch eine Antwort fand sie nie. Anna wusste nicht, ob irgendjemand auf dieser Welt ihr eine Antwort geben könnte. Bestimmt kannten die anderen Müllsammler auch nur die Abfallberge. Sie kannten sicher auch kein Gras und keine viereckigen Gebäude, die Schutz vor dem Wetter boten. Wie paradiesisch mussten die Menschen damals gelebt haben!

Anna verschloss ihr Bündel und zog dabei den Knoten sehr fest, damit er nicht wieder aufgehen konnte. Als sie sich das Tuch mit Schwung über die Schulter warf, entdeckte sie unter einem verrosteten Stück Blech einen orangenen Schimmer.

Was konnte das sein?

Vorsichtig schob sie das Stück Blech weg und zog eine Plastikkarte hervor. Die Karte passte bequem in ihre Handinnenfläche. Geschwungene Zeichen zierten die Oberfläche. Neben diesen Ornamenten befand sich eine kleine Metallplatte. Anna kniff ihre Augen zusammen.

Konnte das sein?

Ihr Herz begann wild zu schlagen, ihre Hände zitterten. Es sah so als hätte sie es entdeckt – den ultimativen Fund, nach dem alle Müllsammler immer und immer wieder suchten, wenn sie nicht gerade Lebensmittel brauchten. Ein DT-Chip, ein DigitalThinking-Chip.

Anna wusste einiges über diese Chips, denn sie hatte viele alte Sammler darüber sprechen hören. Damals hatte sie die Geschichten nicht geglaubt, aber jetzt versuchte sie, sich an alle Einzelheiten zu erinnern. Diese Chips stammten aus einer Zeit, als die Welt sich noch im Aufschwung befand. Die Entwicklung der Chips begann im Gesundheitswesen. Damals ließen sich alle Menschen so ein Ding in den rechten Zeigefinger implantieren. Dieser Chip zeichnete alles auf: Krankendaten, Größe, Gewicht und Alter. Später wurden die Funktionsweisen der Chips noch vielfältiger und man konnte sogar mit ihnen bezahlen und sich ausweisen. Die DigitalThinking-Chips verdankte die Welt der Freizeitindustrie. DTs aktivierten sich durch den menschlichen Speichel. Man musste sie also nur lutschen und schon beamten sie die Konsumenten in Filme, Spiele oder Bücher. Man erlebte seine Lieblingsszenen immer und immer wieder neu.

Viele Müllsammler wollten unbedingt einen DT-Chip finden, um wenigstens für kurze Zeit der tristen Realität zu entfliehen. Gerüchten zufolge sollte es sogar große Schwarzmärkte geben, auf denen die wenigen DT-Chips für Unmengen von Essensvorräten verkauft wurden – und nun hielt sie einen von diesen in der Hand! Sie konnte ihr Glück nicht fassen. Rasch sah sich Anna nach allen Seiten um. Doch hier, ins Mülltal, verirrte sich selten jemand, weil es keine lohnenswerte Beute gab. Von wegen!

Sie atmete erleichtert auf. Ab sofort musste sie noch vorsichtiger sein. Mit so einer Beute bestand schneller als sonst die Gefahr, dass sie jemand ausrauben und im Dreck verbluten lassen würde.

Sanft strich sie mit ihren Fingern über die glatte Karte. Was sollte sie genau damit anfangen? Ihr Gewissen sagte ihr, dass sie sie in ihr Bündel stecken und sich zu einem der Schwarzmärkte durchkämpfen sollte. Sie würde sicher so viel Essen bekommen, dass es sehr lange Zeit reichen würde. Aber ... was, wenn es den Schwarzmarkt gar nicht gab und sie nur Gerüchte aufgeschnappt hatte? Sollte sie dann nicht lieber den Chip einmal selbst ausprobieren?

Anna schüttelte den Kopf. Dann wäre ja der Chip weg und sie würde kein Essen dafür eintauschen können! Nein. Ihre Hand verkrampfte sich fester um die Karte, während die andere nervös an ihrer Hose zupfte.

In der Senke wurde es immer dunkler und kühler. Sie musste sich einen sicheren, geschützten und etwas wärmeren Platz für die Nacht suchen und doch ... und doch schien die Karte in Annas Hand erwartungsvoll zu kribbeln. Kurzentschlossen ließ sich das Mädchen wieder auf dem Müll nieder. Wenn sie kurz den DT-Chip ausprobierte, dann konnte es ja nicht schaden. Sie wollte seine Wirkung bestimmt nicht bis zum Schluss aufbrauchen, sondern einfach mal testen. Schließlich hatte sie die Karte gefunden und es wäre schade, wenn sie niemals wissen würde, welche Wirkung der Chip entfaltete. Nur für einen kurzen Moment wollte sie den Chip in den Mund nehmen. Ein paar Augenblicke, dann würde sie sich auf die Suche nach einem Schlafplatz machen, bevor es zu kalt wurde. Ab morgen konnte sie dann probieren, den Schwarzmarkt zu finden.

Nachdem sie die Entscheidung getroffen hatte, kauerte sie sich zusammen und kratze mit ihrem eingerissenen Fingernagel an dem Chip herum. Behutsam löste sie den DT von der Karte und betrachtete ihn mit zusammengekniffenen Augen. Konnte so ein dünnes Plättchen überhaupt eine Wirkung haben? Anna schloss die Augen, erschauderte gleichzeitig vor Kälte und steckte sich den Chip in den Mund. Vorsichtig platzierte sie den Chip auf ihre Zunge und sog daran.

In ihrem Mund breitete sich ein nussig-süßer Geschmack aus, und vor ihren Augen begannen helle Punkte zu tanzen.

Sie befand sich in einem großen Raum, der von Steinwänden begrenzt wurde. Ein langer Tisch, auf welchem sich viele Kerzen befanden, stand in der Mitte. Auf dem Tisch thronte eine orangefarbene Kugel, in der sich dreieckige Löcher befanden. Am oberen Ende des Dings saß ein grüner Stumpen. Der ganze Tisch war über und über mit Tellern, Gläsern und Schüsseln voller Essen bedeckt. So viele Lebensmittel hatte sie in ihrem ganzen Leben noch nicht gesehen. Ihr kam es vor, als müsste der Tisch unter der Last zusammenbrechen. Sie blieb erstaunt stehen und bewegte sich keinen Millimeter, aus Angst, dass sich sonst alles wieder in Luft auflösen könnte.

»Was stehst du da herum? Hat es dir die Sprache verschlagen? Nun komm doch mal her!«, ertönte eine tiefe Stimme.

Mit aufgerissenen Augen blickte Anna sich um. Wer sprach da?

»Na was denn nun? Hier auf dem Tisch bin ich«, rief erneut die Stimme.

Anna wandte sich der Kugel zu und trat langsam näher. Sie streckte die Hand aus, berührte die Kugel. Diese fühlte sich, bis auf ein paar Rillen, glatt an.

»Hey! Nicht einfach anfassen! Was glaubst du, wer du bist?«

Anna schreckte zurück. Die Kugel sprach! Misstrauisch und mit erhobener Hand, um gleich zuschlagen zu können, falls die Kugel ihr gefährlich wurde, fragte sie mit rauer Stimme: »Du sprichst? Was bist du?«

»Ach, nun endlich bemerkst du mich, du Dummkopf. Wo hast du denn deine Augen?«, sprach die Kugel.

Anna sah ganz genau, wie sich das untere Dreieck bewegte, gleich einem Mund.

»Ich bin ein Kürbis, was soll ich denn sonst sein?«, fuhr die Kugel – nein, der Kürbis – fort. »Und du hast Glück, dass du mich in dieser Nacht überhaupt treffen kannst! Diese Nacht ist meine Nacht.« Der Kürbis lachte so unheimlich auf, dass es Anna eiskalt den Rücken herunterlief. »Willst du wissen, warum es heute meine Nacht ist?«

Anna nickte verdutzt, denn niemand sprach so viel mit ihr.

»Nun, dann setz dich auf einen der Stühle hier. Nimm dir etwas zu essen. Es ist nichts vergiftet – auf jeden Fall denke ich, dass dem so ist«, sagte der Kürbis.

Anna hielt inne. Gerade wollte sie den Arm ausstrecken und in eine der Schüsseln greifen, aber nun starrte sie den Kürbis an.

Dieser ließ jedoch nur ein Glucksen hören und rief: »Man wird ja wohl noch einen Spaß machen dürfen! Nun iss schon und hör mir zu.«

Immer noch argwöhnisch steckte sich Anna etwas in den Mund, das wie ein runder flacher Müsliriegel aussah – nur, dass es soviel besser schmeckte! Genießerisch verdrehte sie die Augen. So musste es im Himmel sein! Etwas süßeres hatte sie noch nie gegessen. Mutiger streckte sie die Hand nach der nächsten Schüssel aus, um auch deren Inhalt zu kosten. Vielleicht konnte sie sich jetzt endlich einmal satt essen.

Währenddessen sprach der Kürbis einfach weiter: »Nun, es ist ganz einfach zu erklären, warum heute meine Nacht ist. Heute ist Halloween oder Samhain oder wie auch immer du es nennen willst. Heute ist die Nacht des Grusels. Die Menschen meinten immer, dass sie sich dieses Fest ausgedacht haben, um sich gegen die bösen Geister zu wehren, doch in Wirklichkeit haben sie uns in dieser Nacht ein eigenes Fest gewidmet. Sie haben sich nicht gegen uns gewehrt, sondern sie verehren uns jedes Jahr. Und jetzt lass dir gesagt sein ...«

Der Kürbis redete weiter und Anna hörte ihm zu. Sie aß immer noch, obwohl sie schon längst satt war und bei jeder Geschichte des Kürbisses wurden ihre Augen noch größer. Bald begann ihr

Kopf vor lauter neuen Wörtern zu schwirren. Der Kürbis sprach von »Geistern«, »Untoten«, »Verehrung« und noch mehr. Bei einigen Wörtern wusste Anna überhaupt nicht, was er meinte, aber sie wollte ihn nicht unterbrechen, sondern ihm einfach nur still zuhören und weiter essen.

»Du musst wissen, die Menschen unterscheiden so viele verschiedene Dämonen und Ungeheuer, aber mich vergessen sie immer dabei. Dabei bin ich doch der –«, erklärte der Kürbis gerade mit tragender Stimme, als die Kerzenflammen vor Annas Augen flackerten. Der Raum begann sich drehen. Das Gelb der Kerzen vermischte sich mit dem Orange des Kürbisses zu einem allumfassenden Schwarz.

Anna schlug die Augen auf. Sie saß immer noch in der Senke – den Chip zwischen den Zähnen. Die Dunkelheit um sie herum hüllte sie ein und ihr Atem gefror. Blinzelnd sah Anna sich um und konnte es noch nicht glauben, wieder hier zu sein. Wo war alles geblieben? Ließ die Wirkung des DTs schon nach? Sie wollte aber noch von jeder Platte probieren und weiter den Geschichten des Kürbisses lauschen.

Anna musste wieder zurück. Was machte es, wenn sie den Chip nun ganz aufbrauchte? Einen halben Chip konnte sie sicher nicht verkaufen und etwas Angefangenes sollte sie auch zu Ende bringen.

Sie rieb sich ihre steifen und kalten Hände. Sollte sie zuerst einen Schlafplatz suchen? Diese Nacht wurde definitiv kälter als die letzte. Doch der DT-Chip brannte ihr beinahe auf der Zunge. *Lutsch einfach noch ein bisschen. Solange wird es nicht dauern. Lutsch und vergiss, was um dich herum ist*, flüsterte der Chip ihr in Gedanken zu. Anna trug noch den sauren Geschmack des letzten Gerichts im Mund. Nur einmal kurz lutschen konnte nicht schaden, oder?

Anna kugelte sich ein, um Wärme zu sparen, schwor sich, gleich, nachdem die Wirkung wieder verblassen würde, ein gutes Schlafplätzchen zu suchen, und sog erneut an dem DT.

»Ach da bist du ja wieder! Du hast dir aber lange Zeit gelassen. Komm, setz dich. Ich habe dir noch mehr zu erzählen«, sagte der Kürbis. Anna lächelte und nahm Platz.

Langsam stieg die Sonne den Himmel hoch. Sie brauchte lang, um ein bisschen Wärme zu spenden. Die Nacht war kalt gewesen. Eine dünne Schicht Schnee bedeckte den Boden. Die Sonne beleuchtete riesige Müllberge, auf welchen sich menschliche Figuren vorwärtsbewegten. Der Müll reichte bis zum Horizont, und die Menschen verbrachten ihre Tage mit Sammeln, Verstecken und Überleben. Seit wann und warum sie so lebten – das wussten sie nicht mehr. Die Zeit vor den Müllbergen hatten die meisten vergessen. Die Sonne wanderte immer weiter über den Himmel, aber es dauerte bis zur Mittagsstunde, dass sie auch die tiefen Senken zwischen den Abfallbergen erreichte. In einer beleuchtete sie eine kleine zusammengekrümmte Gestalt. Ein abgemagertes Mädchen mit braunen verfilzten Haaren und einem roten Bündel. Sie rührte sich nicht mehr. Ihre Hände steifgefroren, das Herz still. Aber auf ihrem Gesicht lag ein glückliches Lächeln. Das Lächeln eines satten und zufriedenen Menschen ohne Angst vor dem nächsten Tag. In einer blau gefrorenen Hand hielt das Mädchen eine orangefarbene Karte. Auf der Karte stand: »Der sprechende Kürbis und Sie! Erleben Sie die gruseligste Nacht des Jahres – was für ein Spaß!«

Tino Falke

»My battery is low and it's getting dark.«
Mars-Rover Opportunity, letzte Worte, *10.6.2018*

Du schaust nur ganz kurz weg, blickst für einen Moment in einen anderen Teil der Wohnung, da hat sich bereits der nächste Vorfall auf dem Sofa ereignet. Eine der Puppen ist von der Rückenlehne auf die Sitzfläche gekullert, und drei andere Stofftiere fallen über sie her, drücken sie in das Polster, prügeln auf sie ein. Ein Tiger, ein Clown, ein Dinosaurier. Als du merkst, was vor sich geht, tust du natürlich das einzig Richtige, zerrst die Angreifenden sofort von ihrem Opfer weg und setzt sie weit auseinander.

Zur Sicherheit ermahnst du noch einmal die ganze Truppe: Wenn sie nicht aufeinander achten und sich vertragen, wird die Polizeistation aus dem Kinderzimmer geholt. Vielleicht sogar der ferngesteuerte Helikopter. Du erinnerst alle daran, dass sie vorerst miteinander auskommen müssen, ob es ihnen gefällt oder nicht. Wer weiß, wann du die Wohnung wieder verlassen kannst?

Von draußen erklingt ein tiefes Lachen. Das Fenster ist zwar geschlossen, doch das Geräusch dringt von der anderen Straßenseite durch das Glas und direkt in deinen Schädel. Der verdammte Kürbis gibt keine Ruhe. Er sitzt einfach nur da, auf dem Fensterbrett gegenüber, zu weit weg, um ihn mit einem Besen hinab auf die schmale Gasse zu stürzen, zu nah, um ihn ignorieren zu können. Dass das

Nachbarhaus so dicht dran steht, macht sonst nur blickdichte Gardinen erforderlich, jetzt wandern auch geräuschdämpfende Kopfhörer auf den Einkaufszettel.

Vor der Tür steht bereits die neue Lebensmittelbestellung, pünktlich deponiert, wie immer mit dem Logo des Lieferdienstes auf dem Pappdeckel. Du wartest natürlich, bis das Treppenhaus leer ist, dann holst du die Einkäufe in die Wohnung, lächelst die Cartoon-Kuh an, die auf allen Flächen der Kiste prangt, und freust dich, dass sie zurückgrinst. Vielleicht hat sie noch nichts von dem Vorfall gehört. Die Puppen und Stofftiere auf dem Sofa schweigen. Die Skelette und Gespenster von der Halloween-Deko, die noch immer an Fenstern und Türrahmen hängt, bleiben stumm.

Es ist nicht ungewöhnlich, sich mit leblosen Dingen zu unterhalten, wenn man allein ist und drinnen bleiben muss. Je länger Isolation andauert, je länger man kein freundliches Gesicht sehen kann, umso wahrscheinlicher wird es, dass man Gespräche mit Objekten beginnt. Wenn du mit deiner Zimmerpflanze sprichst, bist du in bester Gesellschaft.

Schon immer personifizieren Menschen die Gegenstände, die sie im Alltag umgeben. Animismus sorgt dafür, dass niemand an deinem Verstand zweifelt, wenn du sagst, dein Auto sei störrisch oder dein Computer »will etwas nicht tun«, wenn er auf eingetippte Befehle nicht reagiert. Wenn du in der Bäckerei das letzte Kuchenstück kaufst, »damit es nicht so einsam ist«. Wenn du über die zerbrochene Tasse mit dem aufgemalten Gesicht trauriger bist als über Scherben ohne Mimik. Wir geben allem menschliche Namen – nicht nur Tieren und Pflanzen, auch Elektrogeräten, Schiffen und Flugzeugen. Jedes Hoch und Tief im Wetterbericht hat einen Namenstag. Über jeden Tropensturm wird geredet, als würde man ihn duzen. Kein Wunder, dass zu manchen Objekten irgendwann emotionale Bindungen entstehen.

Der Erkundungsroboter *Curiosity*, der seit 2012 auf dem Mars Daten sammelt und Fotos macht, wurde zum einjährigen Jubiläum seiner Landung so programmiert, dass sein rhythmisches Vibrieren die Melodie von »Happy Birthday« erzeugt, und Millionen Menschen auf der Erde waren entzückt. Sein Rover-Kollege *Opportunity* erforschte den Roten Planeten seit 2004. Nachdem ein Sandsturm ihn Jahre später arbeitsunfähig machte, erreichte eine letzte Botschaft die NASA: »Meine Batterie ist fast leer, und es wird dunkel.« Nicht der exakte Wortlaut des kleinen Roboters, doch das hielt niemanden davon ab, Mitleid zu empfinden und Bedauern zu bekunden.

Aber als es so weit ist, dass du selbst Beistand von leblosen Objekten brauchst, erntest du nur Gelächter. Der Kürbis lässt nicht mit sich reden. Halloween ist bereits zwei Wochen her, er verliert langsam die Form, die eingeschnitzten Löcher schrumpeln in sich zusammen, die Kanten der Augenhöhlen und des Mauls voller spitzer Zähne werden weich.

»Feigling!«, ruft er mit seiner tiefen, dröhnenden Stimme. »Wieso sollte sie zu einer Memme wie dir zurückkommen? Schau nicht weg! Schau mich an! Das hier ist dein Werk!«

Natürlich lässt dich das nicht kalt, du rennst zum Fenster und drohst dem Kürbis durch die Glasscheibe. Kein Spiegelbild blickt zurück, auch nicht im Fenster der Wohnung direkt gegenüber, in der sich seit Tagen niemand aufhält. Zwischen Haaransatz und Kinn der reflektierten Gestalt ist nur eine glatte Fläche zu sehen, nur Haut – keine Augen, keine Nase, kein Mund. Wenn man das Gesicht verliert, muss man sich erst einmal an den neuen Anblick gewöhnen.

Wie immer, wenn man etwas nicht mehr hat, sieht man es plötzlich überall. Infolge einer Trennung sind die Straßen voll mit glücklichen Paaren. Mit unerfülltem Babywunsch sieht man ständig Kinderwagen. Und wenn deine Freundin wutschnaubend ihre Koffer packt und mit eurer Tochter vorübergehend zu den Großeltern zieht, wenn ihre letzten Worte – »Ich kann dir nicht mehr ins Gesicht sehen!« – noch immer durch deinen Kopf spuken und du plötzlich allein in der gemeinsamen Wohnung dastehst, dann siehst du mehr und mehr Gesichter überall um dich herum. In der Anordnung der Apps auf dem Telefon, mit dem du dich im Büro krank meldest. In Flecken auf der Tapete und auf den marmorierten Fliesen im Badezimmer.

Als die Wohnungstür zuschlug, war der Kürbis gegenüber noch frisch und rund, seine Öffnungen tiefschwarz in der knallig orangen Schale. Jetzt wuchern weiße Büschel im Inneren, langsam tritt der Schimmel nach außen. Du kannst nur zusehen, wie er verrottet.

»Was hast du denn erwartet?«, rief er damals. »Wenn ich könnte, würde ich auch abhauen! Vielleicht ist es besser, wenn jemand wie du sich nicht unter Menschen traut.«

Zum Glück kann man auch anders für Gesellschaft sorgen. Ein weiterer Vorteil davon, leblose Dinge zu personifizieren, ist, dass man nie ganz mit sich und seinen Gedanken allein sein muss. Selbst ein einsamer Cowboy, der ohne Mitreisende in den Sonnenuntergang reitet, hat noch sein Pferd. Auf einer sogenannten einsamen Insel kann man noch immer Kokosnüsse finden, deren drei Keimporen wie ein Gesicht aussehen. Oder man malt einen Volleyball an! Die Menschen kommen auf die kreativsten Ideen, um Isolation erträglich zu machen.

Wenn dir kistenweise Puppen und Stofftiere deiner Tochter zur Verfügung stehen, die sie nicht mit in das Haus ihrer Großeltern genommen hat, hast du schon bald sehr viel mehr Gesellschaft als vor dem Tag, an dem die beiden wichtigsten Menschen in deinem Leben entsetzt das Weite gesucht und dich zurückgelassen haben.

Du antwortest dem Kürbis, dass es nur vorübergehend ist! Menschen sind soziale Wesen. Wenn sie etwas erschüttert, brauchen sie vielleicht einige Zeit für sich, doch dann rücken sie umso näher zusammen. Zugreisende verbindet nichts stärker als eine Durchsage, dass sie alle gemeinsam eine Verzögerung ertragen müssen. Eine Naturkatastrophe wird immer auch dafür sorgen, dass mehr gespendet wird und viele Privilegierte denen helfen wollen, die gerade leiden müssen.

»Oder sie schauen einfach weg«, grollt der Kürbis. Nach drei Wochen bekommt seine Schale helle gelbe Flecken. Langsam sackt er in sich zusammen und neigt sich zur Seite. Mit schimmelblinden Augenhöhlen starrt er weiter von seinem Fensterbrett.

»Du bist eine Schande«, ruft er. »Verkriechst dich hier, versteckst dich vor der Welt! Feiges Ding. Ohne dich kein ›Arsch‹ in ›Nachbarschaft‹!«

Die Kopfhörer, die in der nächsten bestellten Lieferung dabei sind, helfen leider nicht, seine dröhnende Stimme auszublenden. Auf der Pappkiste prangt weiter die fröhlich lachende Kuh.

»Genieß deine Milch«, sagt sie. »Am liebsten hätte ich reingespuckt.«

»Ich hoffe, du erstickst dran«, flüstert der Tukan auf der Cornflakes-Box.

Natürlich wünschst du dir ein paar nette Worte, vielleicht Zuspruch, dass du dir nichts hast zu Schulden kommen lassen, doch auch die Ananas mit der Sonnenbrille auf der Saftpackung hat nur ein Kopfschütteln für dich übrig. Also gehst du ins Kinderzimmer und wühlst in den Bastelsachen deiner Tochter. Der Beutel mit Wackelaugen aus Plastik ist schnell gefunden. Es wird doch ein Objekt in dieser Wohnung geben, das nicht gleich ausfallend wird!

Sobald die Yuccapalme aufgeklebte Augen hat, fängt sie an zu zetern:»Was erlaubst du dir? Hilfst du jemandem, wenn du dich in Selbstmitleid suhlst? Wo ist dein Telefon?«

»Zivilcourage!«, ruft der Wasserkocher, als auch er Augen hat, und hört nicht damit auf.

Jeder Gegenstand, dem ein halbes Gesicht aufgeklebt wird, stimmt mit ein. Kein Verständnis, keine Absolution. Dein Blick fällt auf das Kissen auf dem Sessel – es ist beige und aus Fleece. *No Place Like Home,* verkündet es in purpurnen Buchstaben. Das Kissen wird nicht mitmachen. Es ist das harmloseste Objekt in der ganzen Wohnung. Ganz sicher wird das Kissen den anderen sagen können, dass sie nicht zu hart urteilen sollen!

Du klebst ihm drollige Wackelaugen an, und es schreit: »Deine Mutter würde sich schämen! Dein Vater würde sich schämen! Deine Kolleginnen und Kollegen würden sich schämen! Deine Freundinnen und Freunde würden sich schämen! Deine Grundschullehreri–«

Du kannst die Augen nicht einfach wieder abreißen, das würde ihnen sicher wehtun, also dauert das Geschrei an. Alle beschimpfen dich, doch sie starren weiter völlig ausdruckslos, die Spielzeuge, die Dinge mit den angeklebten Plastikaugen, die alltäglichen Gesichter in dumpf glotzenden Steckdosen und breitnasigen Türlinken. Nur der Kürbis blickt zornig. Ohne Gesicht traust du dich nicht auf die Straße, doch dort wäre es ganz sicher nicht besser.

Mehr und mehr Autos und Motorräder bekommen im Designprozess einen »bösen Blick« verpasst, ihre Scheinwerferform ahmt grimmig verengte Augen und zur Mitte hin abfallende Brauen nach, um im Straßenverkehr subtil Aggression auszustrahlen. Aber selbst simpelste Haushaltsgeräte können aggressiv werden, wenn man ihnen eine Stimme gibt.

Bis sie alle schlagartig verstummen.

Vom Wohnungsschloss kommt metallisches Klimpern. Jemand

ist an der Tür! Und vielleicht fällt dir gerade noch rechtzeitig ein, dass deine Freundin sich angekündigt hat, um ein paar Dinge abzuholen.

»Ich will dich nicht sehen, wenn wir vorbeikommen«, hatte sie geschrieben, vor mehreren Tagen schon. Es ist bereits über ein Monat vergangen, seitdem sie ausgezogen ist.

Also flüchtest du unter das Bett im Schlafzimmer. Die Frau, die dir nicht mehr in die Augen sehen kann, betritt die Wohnung und atmet entsetzt auf. Nicht nur, dass noch immer die falschen Spinnweben und Totenkopfgirlanden von Halloween hängen – überall sitzen Puppen und Tiere, Menschen, Figuren aus Plüsch, inzwischen auch Actionfiguren und Plastikmännchen. Deine Tochter kichert, als sie die Wackelaugen an der Palme entdeckt, und läuft zu dem Beutel mit den restlichen Plastikteilen auf dem Küchentisch. Ihre Mutter geht an verschiedene Schränke und Schubladen.

Du könntest ihre Unterhaltung belauschen, würde nicht unter dem Bett eine verdammte Socke liegen, auf der ein strahlend gelber Smiley prangt.

»Wovor hast du eigentlich solche Angst?«, fragt das fröhliche Gesicht leise.

»... langweilig bei Oma und Opa«, erklingt die Stimme des Mädchens aus dem Wohnzimmer. »Wann können wir wieder zurück nach ...«

»Ein Anruf«, sagt der Smiley. »Wenn du schon damals nichts getan hast, tu jetzt was!«

»... muss sich erst über ein paar Dinge klar werden«, ist die Antwort der Mutter zu hören.

»Ruf an«, flüstert die Socke. »Ruf an, ruf an, ruf an, ruf an, ruf an, ruf an, ruf an –«

Das Knallen der Tür verrät, dass die Luft wieder rein ist. Du kommst unter dem Bett hervor, zurück in die verlassene Wohnung – nur dass dich so viel mehr Gesellschaft erwartet als zuvor.

Die leere Wackelaugen-Tüte liegt auf dem Boden, der Inhalt klebt an allen Möbeln, den Wänden, den Gegenständen, die bisher noch kein Eigenleben hatten.

Kein Augenpaar schaut weg. Alles starrt dich an.

Du versuchst, zur Ruhe zu kommen, doch wenn der Sessel einen anglotzt, kann man sich doch nicht einfach auf ihn setzen! Die Fernbedienung des Fernsehers hat Augen, und man kann ihr doch nicht einfach mitten ins Gesicht drücken! Schlimmer noch – auch im Badezimmer wimmelt es von Plastikaugen, am Duschvorhang, auf der Toilette, am Badspiegel, der seit Wochen sowieso nur eine gesichtslose Gestalt zeigt, wenn du hineinsiehst. Und im Kühlschrank glotzen dich die letzten Einkäufe an.

Etwa so müssen sich Menschen fühlen, die sich vegetarisch ernähren. Nur dass die nichts essen, was *früher mal* ein Gesicht hatte.

Was dir bleibt, sind Vorräte aus den Schränken, die deine Tochter nicht erreichen konnte – Gemüse in Konservendosen, ein halber Beutel Reis. Eine alte Zwiebel. Aber kaum ist all das geschnitten und gebraten, fertig zubereitet auf dem Teller, rutschen ein paar Erbsen oder Kidneybohnen oder Maiskörner ungünstig durcheinander, und ehe du dich versiehst, grinst dich auch von der letzten warmen Mahlzeit, die aus den gesichtslosen Lebensmitteln möglich war, jemand an. Der Teller bleibt unberührt stehen.

Du ernährst dich von Wochen alten Halloweensüßigkeiten.

Du duschst nicht mehr.

Du suchst Alternativen für die Toilette in der Wohnung.

Du frierst und sitzt nachts im Dunkeln, weil der Winter naht und auch die Griffe der Heizungen und die Lichtschalter kleine ovale Plastikaugen haben. Und das verschrumpelte gelbe Häufchen auf dem Fensterbrett gegenüber, das aussieht, wie du dich fühlst, das lacht noch immer.

»Ich würde dir ja mein Bad anbieten«, dröhnt der Kürbis. »Aber es ist noch immer niemand nach Hause gekommen.«

Und du, du umkreist kraftlos das Telefon. Lässt dich von der versammelten Jury auf dem Sofa anglotzen, von den Gardinen und der Obstschale und dem Staubsauger, während es kälter wird. Während sich deine Batterie leert und es immer, immer dunkler wird. Eines Tages verspricht ein Geräusch vor der Tür neue Vorräte. Pünktlich steht die neue Kiste im Treppenhaus, wie immer dekoriert mit der fröhlichen Kuh auf dem Deckel.

»Du bist ja immer noch da«, sagt sie grinsend. »Dachte, sie hätten dich schon längst weggesperrt! Bring mich mal zu jemandem, der es mehr verdient. Deine Nachbarin –«

Doch mehr bringt sie nicht heraus. Deine Fäuste geballt, deine Muskeln angespannt, dein Puls auf Hochtouren, lässt du den Fuß auf das grinsende Tier niederrauschen, mitten in das Gesicht der Kuh, stampfst und stampfst, bis sie nichts mehr sagt, bis die Kiste all ihre Form verliert und sich Saft und Milch und Olivenöl im Treppenhaus verteilen, bis zermatschte Kartoffeln hervorquellen und Bananenbrei mit Müsli und Butter mit Scherben.

Und in der Wohnung starren noch immer alle!

Also führt kein Weg daran vorbei, zu einer Schere zu greifen oder zu einem Küchenmesser oder einem Spachtel aus dem Werkzeugkasten, und während deine Schritte eine Spur aus Essensresten hinterlassen, hackst du auf die glotzenden Spielzeuge ein. Jeder Stich entfernt ein Auge, jedes Puppengesicht wird zerfetzt, die Yuccapalme wird umgeworfen, der Sessel aufgeschlitzt, der Duschvorhang niedergerissen. Ein Gemetzel ohne Blut, und die einzige Person, die schreit, bist du. Es dauert keine zehn Minuten, und du kniest schwer atmend mitten im Wohnzimmer, umgeben von einem Schlachtfeld voller gesichtsloser Stofftiere und Löchern und Kratzern in all den Wänden, Schränken und Gegenständen, an denen vorher Wackelaugen klebten.

Du hebst den Kopf und blickst aus dem Fenster. Der schwarzgelbe Klumpen auf der anderen Straßenseite ist exakt auf Blickhöhe.

Seine eingefallene Halloweenfratze sitzt genau da, wo im Spiegelbild auf der Scheibe dein Gesicht sein sollte. Ein heiseres, tiefes Lachen ertönt aus seinen Resten.

»Auge um Auge!«, grollt der Kürbis. »Aber ich schaue nicht einfach weg!«

Und weil er sein Wort hält, weil er unerreichbar weit weg auf seinem Fensterbrett vor der dunklen Wohung gegenüber sitzt und starrt und starrt und starrt, greifst du schließlich zum Telefon. Dein Blick fällt auf all die Opfer deines Wutanfalls.

»Ich möchte eine Aussage machen«, sagst du. »Es geht um eine gewalttätige Auseinandersetzung.«

Und du berichtest, was geschehen ist. Menschen sind soziale Wesen. Jedem deiner Worte wird andächtig gelauscht. Als du auflegst, ist auch der Kürbis endlich still. Du kannst in Ruhe aufräumen in den nächsten Tagen, nicht nur die Sauerei im Treppenhaus. Möbel werden repariert, Stofftiere genäht. Bald sieht die Wohnung wieder größtenteils geordnet aus. Nachdem du eine letzte Nacht lang Wackelaugen vom Teppich gesammelt hast, bis fast schon die Sonne aufgeht, öffnest du das Fenster, um zu lüften – und im selben Augenblick öffnet sich das Fenster gegenüber.

»Oh, hallo«, ertönt eine Frauenstimme. »Ich hab Sie gar nicht gesehen. Hoffe, ich hab Sie nicht geweckt? Ich kann nicht gut schlafen derzeit.«

Mit dem Arm, der nicht von Gips ummantelt ist, greift sie nach dem verschrumpelten Resten ihrer Halloween-Deko und wirft sie in einen Plastikeimer neben sich.

»Tut mir leid, dass der hier immer noch stand«, ruft sie über die schmale Gasse, die zwischen den Häusern verläuft. »Das ist ja kein schöner Anblick, wenn man aus dem Fenster guckt. Ich war leider ein paar Wochen im Krankenhaus ...«

Sie schaut hinab, zur Seite, wieder nach vorn. Sie atmet tief durch, zögert.

»Ich wurde überfallen«, sagt sie. »Drei so maskierte Ärsche haben mich vom Fahrrad geschubst und meinen Rucksack geklaut. Haben auf mich eingetreten.«

Offenbar hat sie das Bedürfnis, darüber zu reden, doch sie sagt nichts Neues. Ich weiß, was passiert ist. Ich habe ihre billigen Gummimasken gesehen. Ein Tiger, ein Clown, ein Dinosaurier. Und als ich meiner Freundin davon erzählt habe, was ich gesehen habe – gesehen, ohne etwas zu tun –, hat sie die Kleine geschnappt und ist ausgezogen.

»Ist zum Glück nichts Schlimmeres passiert«, fährt die Nachbarin fort. »Und inzwischen gab es wohl einen Anruf bei der Polizei, eine Zeugenaussage. Die Typen wurden identifiziert.« Sie lächelt schwach. »Es ist gut, wenn Leute nicht wegschauen«, sagt sie leise. »Wir müssen kameradschaftlich bleiben, nicht wahr?«

Ich stimme ihr zu. Ich wünsche ihr, dass so etwas nie wieder passiert. Und falls doch, dass es eine Person sieht, die sich traut einzuschreiten, auch auf die Gefahr hin, selbst etwas abzubekommen. Weil es viel schlimmer ist, tatenlos wegzugehen.

»Es wird schon heller!«, sagt sie und schaut die Gasse entlang, in Richtung Horizont. Sie verabschiedet sich. »Vielleicht schaffe ich es ja noch, ein Auge zuzutun.«

Sie schließt ihr Fenster und zieht die Gardinen zu.

Ich bleibe an meinem stehen, genieße die Nachtluft und die Ruhe. Das Fensterbrett gegenüber ist leer, niemand starrt mich an. Nur in der Glasscheibe sehe ich ein Augenpaar – mein eigenes. Ich kann mir wieder ins Gesicht sehen.

Du solltest keine Angst davor haben, auf die Straße zu gehen.

Roxane Bicker

Jägerinnen

»Nein!«, schrie der Kürbis ein letztes Mal, bevor sich das Messer in ihn bohrte. Ein wahres Massaker folgte. Er wurde geschlachtet, zerhackt, gestückelt, in siedendes Wasser geworfen. Es brannte, schmerzte und ... war vorbei.

* * *

Kate füllte die vorbereiteten Gläser, schraubte sie sorgfältig zu und stellte sie auf den Deckel. Ein flüchtiges Lächeln huschte über ihr Gesicht, als sie die Klebe-Etiketten beschriftete. Schon bald würde sie wieder an ihrem Marktstand stehen, die Gläser verkaufen, und dann konnte der Kürbis seine Wirkung entfalten. Sie wischte die Arbeitsplatte ihrer Küche sauber, löschte das Licht und warf einen letzten Blick zurück auf ihr Werk. Bald.

* * *

Die Süße des Kürbisses verschmolz in Nellies Mund mit der Säure des Essigs zu einer unnachahmlichen Melange. Noch nie hatte sie so etwas Gutes geschmeckt, der Weg auf den kleinen Markt hatte sich gelohnt. Sie schob das weiche Stück mit der Zunge von links nach rechts, wollte den Geschmack so lange wie möglich auskosten. Viel zu schnell war das Glas leer und sie am nächsten Morgen tot.

Aʀᴛɪ schob die Hände in die Taschen ihrer ausgeblichenen Jeans-jacke. Nachdenklich blickte sie auf die Leiche von Danelle Garcia, die friedlich in ihrem Bett lag und aussah, als würde sie schlafen. Tat sie aber nicht. Ihre Mutter hatte sie am Morgen entdeckt und befand sich seitdem in Betreuung einer Polizeipsychologin.

»Und was soll ich hier?« Den gelangweilten Tonfall konnte Arti nicht unterdrücken. »Sieht nach einem friedlichen Tod aus. Ich bin eher für die anderen Fälle zuständig.«

»Friedlich«, Doktor Coventina hob den Kopf und sah Arti durchdringend an, »heißt nicht unbedingt natürlich. Deswegen sind Sie hier.«

»Fremdeinwirkung?« Arti ließ den Blick durch das Schlaf-zimmer wandern. Die cremefarbene Satin-Bettwäsche wäre das Letzte, worin sie selbst sich gebettet hätte. Es war das einzige Zeichen von Luxus, ansonsten statteten einfache Möbel aus dem Großmarkt das Zimmer aus.

Die Ärztin verschränkte die Arme. »Wer kann das schon sagen?«

»Sie, hoffentlich. Stichwunden? Würgemale? Einschusslöcher?«

Coventina wies auf den unbeschädigten, makellosen Körper auf dem Bett. »Sieht es etwa danach aus?«

Arti zuckte die Schultern. »Ich bin nicht befugt, das zu beurtei-len.« Sehnsüchtig dachte sie an die drei Kürbismuffins, die unten im Auto auf sie warteten.

»Sie müssen aber Ihre Bocklosigkeit auch nicht derartig zur Schau stellen.« Die Ärztin schwieg und wandte sich wieder der Leiche zu. »Keine äußeren Verletzungen. Über eine Fremdeinwir-kung kann ich noch nichts sagen. Ebenso über die Todesursache. Dazu müssen wir die Obduktion abwarten.«

»Dann kann ich ja wieder gehen.«

Doktor Coventina erhob sich und sah Arti streng an. Die Ärztin stemmte die Hände in die Hüften. »Sie schauen sich gefälligst erst einmal hier um, ob Sie irgendetwas Ungewöhnliches entdecken.

Dafür wurden Sie schließlich hergeschickt. Ich bin nicht diejenige, die man die Jägerin nennt, nicht wahr?«

»Völlig übertrieben«, murmelte Arti und schlenderte aus dem Schlafzimmer. Im Rest der Wohnung tummelte sich nicht nur die Spurensicherung, auch die Fahrerin der Pathologie lungerte im Eingang herum und wartete darauf, die Leiche endlich mitzunehmen. Arti nickte ihr kurz zu und erntete ein verheißungsvolles Grinsen – sie wollte sie längst schon mal auf einen Kaffee einladen, aber immer kam etwas, meist eine Leiche, dazwischen. Aber vielleicht, wenn Doktor Coventina sich noch etwas Zeit ließ und sie hier schnell fertig wurde ...

»Auffälligkeiten?«, rief sie in die Küche.

Die Frau von der Spurensicherung pinselte munter weiter an der Tür herum. »Bisher nicht«, flötete sie.

»Wäre ja auch zu schön gewesen«, murmelte Arti. Sie löste ihren Zopf, band sich die langen Haare dann in einem schnellen Knoten aus dem Gesicht, schloss die Augen und spürte tief in sich hinein. Dorthin, wo ihre Instinkte lagen, ihre Intuition, die sie so oft auf die richtige Fährte lenkten. Langsam drehte sie sich einmal um sich selbst, hoffte, dass die Pathologie-Fahrerin sie nicht auslachte, und fühlte, fühlte, wo es sie hinzog. Als sie die Augen wieder aufschlug, blickte sie zu dem leeren Glas auf dem Tisch. »Kates Kürbiswürfel, Halloween-Edition« stand darauf geschrieben.

Arti leckte sich die letzten Krümel ihres Kürbismuffins von den Fingern. Sollte wirklich ein Glas mit eingelegten Kürbissen eine Spur sein, ausgerechnet an Halloween? Sie schüttelte den Kopf und schaute noch einmal auf ihr Smartphone. Natürlich hatte sie das Glas nicht angefasst, nur ganz vorsichtig hineingerochen – vorzüglich – und unter den kritischen Blicken der Spurensicherung ein Foto des Etiketts gemacht.

Darauf fand sich eine Internetadresse, und eine kurze Suche

ergab, dass das Glas süß-saurer Kürbis aus der Produktion einer gewissen Kate Bacula stammte, die auf dem Wochenmarkt einen kleinen Stand betrieb.

Sie fand ihn im hinteren Bereich des Marktes, ganz am Rand, im Schatten eines alten Apfelbaumes. Als sie langsam näherkam, fragte sich Arti, was sie überhaupt hier wollte. Sie hatte die Leiche einer jungen Frau, die an allem Möglichen gestorben sein konnte, Herzschlag, Aneurysma, aber doch bestimmt nicht an süß-saurem Kürbis. Nachdenklich schob sie die Hände in die Jackentaschen und begutachtete das Angebot aus einigen Schritten Entfernung. Honig, eingelegte Gurken, Sauerkraut, Tee, Kräuter und da, das *corpus delicti* – Kates Kürbiswürfel. Jetzt erst hob Arti den Blick und musterte die Frau hinter dem Verkaufstresen. Kurze, braune Haare, ein spitzbübisches Lächeln im Gesicht, ein ungemein attraktives Grübchen in der linken Wange.

»Möchten Sie probieren?«, fragte sie freundlich.

»Was?«, antwortete Arti verdattert.

»Ob Sie etwas probieren möchten«, wiederholte die mutmaßliche Kate. »Sie haben mein Angebot so überaus interessiert betrachtet.«

»Ja, nun …«

»Steht Ihnen der Sinn eher nach Süßem oder Saurem?« Die Frau grinste herausfordernd.

»Was ist mit dem Kürbis da?« Arti deutete auf die Gläser am Rande des Tresens. »Der ist doch um diese Zeit sicher sehr beliebt, oder?«

»Aha. Sie wollen alles auf einmal, ja?« Kate lehnte sich nach vorne, nahm eines der Gläser, drehte es mit einem kräftigen Ruck auf und fischte mit einem Holzspießchen einen Kürbiswürfel heraus. Sie reichte Arti die gepfählte Kostprobe.

Die Ermittlerin schaute misstrauisch auf das orangene Stück. Was stellte sie sich so an? Die Frau würde sie wohl kaum hier und jetzt in aller Öffentlichkeit vergiften. Und überhaupt, wie kam sie eigentlich auf die irre Idee, dass ausgerechnet der Kürbis die Todesursache ihrer Leiche sein sollte? Das war doch alles total hirnrissig. Sie öffnete den Mund, als ihr Smartphone klingelte.

»Entschuldigen Sie, da muss ich rangehen.« Sie reichte den unangetasteten Kürbisbrocken zurück und zog ihr Telefon aus der Tasche. Doktor Coventina meldete sich.

»Erkenntnisse?«, fragte Arti.

»Ja«, erklang es von der anderen Seite. »Unser Opfer sollte quietschvergnügt und lebendig sein. Ich kann keine Todesursache feststellen.«

Arti warf Kate ein entschuldigendes Lächeln zu und trat einige Schritte beiseite, außer Hörweite.

»Was soll das heißen?«

»Das, was ich sage. Ich warte noch auf den Laborbefund, bin aber wenig optimistisch. Ich konnte nichts, rein gar nichts feststellen.«

»Vielleicht war es eine Lebensmittelvergiftung?«

»Wollen Sie mich veräppeln? Natürlich habe ich den Mageninhalt untersucht. So etwas würde ich erkennen. Nein, das kann ich ausschließen. Diese Frau sollte am Leben sein. Finden Sie heraus, warum sie es nicht mehr ist.« Mit den Worten beendete Doktor Coventina die Verbindung, und Arti starrte auf das schwarze Display. Nun, wenn dem so war, dann sollte sie besser gleich alle Geschütze auffahren.

»Schlechte Nachrichten?« Kate reichte ihr den Kürbis zurück, und Arti steckte ihn sich ohne Nachdenken in den Mund. Kurz wollte sie ihn wieder auszuspucken, doch dann ... eine wahre Geschmacksexplosion, eine perfekt ausgewogene Mischung von süß und sauer, ein Hauch Gewürze und der intensivste Kürbis, den sie je geschmeckt hatte.

»Köstlich«, seufzte sie. »Sagen Sie, verkaufen Sie den Kürbis noch an anderen Orten?«

»Nein, den gibt es nur hier. Ganz exklusiv.«

»Gut.« Arti schob sich den Holzspieß in ihren Haarknoten und zückte ihr Smartphone. »Haben Sie diese Frau schon einmal gesehen? Hat sie bei Ihnen ein Glas Kürbis gekauft?«

Kate starrte auf das Bild. »Sie ist tot.«

»Nun?«

Kate stützte sich mit beiden Händen auf den Tresen. »Möchten Sie mir nicht erst einmal sagen, wer Sie eigentlich sind?«

Arti zückte ihre Dienstmarke und hielt sie Kate vor die Nase. »Ich arbeite als Sonderermittlerin.«

»Ah.« Kate warf nur einen flüchtigen Blick auf den Ausweis, hielt mit ihren Augen lieber die von Arti gefangen.

»Sie *sind* die Kate Bacula, der dieser Stand gehört.«

»Und wenn nicht?«

»Sind Sie es?«

»Sie haben meinen Vornamen falsch ausgesprochen. Er wird gesprochen wie geschrieben.«

»Kennen Sie nun diese Frau?«

»Sie scheinen davon auszugehen.«

»Auf dem Tisch dieser Frau«, Arti wackelte mit dem Smartphone in der Hand, »stand ein Glas mit Ihrem Kürbis.«

»Wissen Sie was?«, flüsterte Kate und beugte sich ein wenig vor. Automatisch trat Arti einen Schritt näher. »Manchmal verschenken Menschen meinen Kürbis auch.«

»Ich wiederhole mich nur ungern.«

»Verdächtigen Sie mich etwa wegen eines Glases mit Kürbis?«

Arti steckte ihre Dienstmarke wieder ein und verstaute das Smartphone in der Jackentasche. »Natürlich nicht. Das wäre abstrus, oder?« Und doch. Und doch hatte ihr Instinkt sie hierhergeführt. Vielleicht hatte sie sich diesmal geirrt? Arti nickte Kate kurz zu und wandte sich zum Gehen.

»Warten Sie.«

Über die Schulter blickte Arti zurück und sah, dass Kate einen Apfel aus dem Baum über sich gepflückt hatte und ihn ihr hinhielt. »Wenn Sie schon keinen Kürbis kaufen wollen, dann nehmen Sie wenigstens den hier.«

Arti blickte von Kate zum Apfel und zurück, zuckte mit den Schultern, nahm ihn entgegen und ließ ihn in ihre Tasche wandern.

Kate blickte Arti nach. Hatte sie recht damit getan, ihr den Apfel der Erkenntnis zu reichen? Hätte es nicht doch besser der Apfel des Todes sein sollen? Andererseits hatte sie die Ermittlerin dazu gebracht, ein Stück vom Kürbis zu essen, und damit standen Kate alle Möglichkeiten offen. Sie würde sehen.

Nachdenklich malte Arti mit dem Holzspießchen unsichtbare Figuren auf ihre Schreibtischplatte und starrte auf den Bericht. Danelle Garcia durfte eigentlich gar nicht tot sein, denn auch der Laborbefund zeigte sich unauffällig. In ihrer Verzweiflung ordnete Doktor Coventina noch weitere Tests an, doch Arti, und selbst die Ärztin, gingen davon aus, dass diese nichts ergeben würden. Ein unerklärliches Phänomen.

Auch das bisherige Leben von Frau Garcia zeigte sich herrlich unaufgeregt. Keine Besonderheiten, keine Ausfälle, keine mysteriöse dunkle Vergangenheit. Und doch lag ihre Leiche unten in der Pathologie.

Arti zog den Apfel aus der Tasche und drehte ihn nachdenklich in den Händen. Vielleicht wäre eine Pause gut. Sie trat ans Fenster, schaute auf die herbstliche Straße herab. Braune Blätter flogen vorbei, ein einzelner Sonnenstrahl mogelte sich aus den Wolken und traf funkelnd auf den Spiegel ihres auf der Straße parkenden Autos.

Herzhaft biss Arti in den Apfel, und auch in ihm verbanden

sich Süße und Säure zu einer perfekten, ausgewogenen Mischung. Genießerisch schloss sie die Augen, wischte sich ein wenig Saft von den Lippen. Vielleicht sollte sie noch einmal Kate aufsuchen. Ja, das schien ihr eine gute Idee.

Dank der Internetadresse auf dem Kürbisglas fiel es Arti nicht schwer, die Adresse von Kate Bacula herauszufinden, und so stand sie bald darauf vor einem kleinen Haus am Stadtrand. Es lag am Ende einer kleinen Straße, dahinter erstreckten sich nur ausgedehnte Felder und weiter draußen ein großer Wald.

Arti klingelte, doch niemand öffnete. Wahrscheinlich befand sich Kate noch auf dem Markt und verkaufte Kürbis. Sollte Arti einfach unverrichteter Dinge wieder abziehen? Nein. Ihr Instinkt führte sie sicherlich nicht umsonst ein zweites Mal zu Kate. Sie würde sich erst einmal umschauen.

Zögernd schlenderte sie zurück auf die Straße, dann lief sie um das Haus herum und betrat den wild wuchernden Garten dahinter. Auch hier stand ein Apfelbaum, der so voller leuchtend roter Früchte hing, dass sich die Äste bogen. An hohen Stangen rankten sich Bohnen hinauf, Kräuter wuchsen in Hochbeeten, und inmitten all der Pflanzen stand ein gläsernes Gewächshaus. Kate schien alles, was sie verkaufte, auch selbst anzubauen. Arti schaute sich um, bis sie hinter dem Gewächshaus die Kürbisse fand. Es handelte sich um echte Prachtexemplare, die dort am Boden gediehen. Arti konnte der Versuchung nicht widerstehen, hockte sich hin und strich vorsichtig über die glänzende, orangene Schale.

»Ich bin noch nicht so weit«, brummelte der Kürbis. »Gib mir noch ein wenig.«

Arti starrte die Frucht an, dann auf ihre Finger. Noch einmal strich sie über den Kürbis.

»Hab doch gesagt, ich brauch noch etwas«, entgegnete er.

Ein sprechender Kürbis?

»Man weiß immer ganz genau, wann sie reif sind«, sagte Kate hinter ihr.

Arti fuhr überrascht herum, taumelte und landete auf dem Hosenboden. Sie starrte zu der anderen Frau hoch. »Was ist hier eigentlich los?«

Kate hockte sich Arti gegenüber und sah ihr fest in die Augen. »Sie haben den Apfel gegessen?«

Arti rutschte ein Stück zurück, stieß gegen den Kürbis, der leise vor sich hin grummelte, und starrte Kate an. »Was war mit dem Apfel?«, keuchte sie. »Haben Sie den etwa vergiftet?«

»Nein, ich bin nicht die böse Königin, und Sie nicht Schneewittchen. Keine Angst. Sie haben auch den Kürbiswürfel überlebt. Der Apfel hat Ihnen nur etwas ... die Augen geöffnet.« Kate setzte sich hin und schaute Arti an.

»Wollen Sie damit sagen, dass Sie Frau Garcia wirklich mit Kürbiswürfeln umgebracht haben? Warum? Und vor allem wie? Wir haben keine Spuren der Todesursache finden können.«

Leise lachte Kate. »Ich habe sie nicht umgebracht. Das erledigt der Kürbis ganz von alleine.«

»Ich verstehe kein Wort.«

Kate strich sich durch die kurzen Haare. »In der Zeit um Halloween wird der Schleier zwischen dem Diesseits und dem Jenseits durchlässig. Die Geister der Toten können in unsere Welt zurückkehren, und manches Mal finden sie eine willige Hülle, in der sie sich einnisten. Wenn sie das tun, dann können sie großen Schaden anrichten. Meine Aufgabe ist es, dies zu verhindern und die gefüllten Gefäße zu vernichten.«

»Indem Sie Menschen umbringen?«

»Es sind längst keine Menschen mehr.«

Spöttisch zog Arti eine Augenbraue in die Höhe. »Sie sind eine Geisterjägerin? Mit Kürbiswürfeln?«

»Mit magischen Kürbiswürfeln.« Sie deutete hinter Arti, die ein leises Schnarchen aus Richtung des Kürbisses zu hören vermeinte.

»Sie«, fuhr Kate fort, »haben festgestellt, dass es sich nicht um normale Kürbisse handelt. Ich gebe zu, es ist nicht immer ganz einfach, sie zu verarbeiten. Die Kürbisse schreien ganz furchtbar, wenn man sie zerschneidet, und mir tun sie auch leid, aber es ist zu einem guten Zweck. Richtig zubereitet, entfalten die Kürbisse ihre Wirkung im Körper eines besessenen Menschen, oder einem, der als potenzielles Geistergefäß dienen könnte, und ... nun, entfernen ihn.«

»Magie, ja?«

»Magie. Das mag der Grund sein, warum Sie keine Spuren gefunden haben.«

»Warum erzählen Sie mir davon?«

»Vielleicht, weil Sie das Schicksal zu mir geführt hat? Vielleicht, weil meine Aufgabe für eine einzelne Frau zu viel ist und ich Unterstützung gebrauchen könnte? Sie sind eine Jägerin. Ich glaube, wir könnten gut zusammenpassen.« Sie streckte Arti die rechte Hand entgegen. »Mein Name ist Hekate Bacula. Wollen Sie meine Partnerin sein?«

Arti zögerte einen Moment, dann schlug sie ein. »Artemis Kynigides. Haben Sie einen Kaffee für mich?«

Marie Mönkemeyer

Des Landgrafen Soldat

Kasseler Nachrichten
Des Landgrafen Soldaten kehren heim

Die letzten Kisten sind ausgepackt und alle Waffen poliert, damit am Samstag die große Ausstellung zu Landgraf Friedrich II. von Hessen-Kassel eröffnet werden kann. Kuratorin Christina Walker ist stolz, die Arbeit der letzten Monate ab Morgen endlich der Öffentlichkeit präsentieren zu können. Wir durften bereits vorab einen Blick auf die Ausstellung über den Mann werfen, der Kassel bis heute entscheidend geprägt hat (ausführlicher Bericht auf Seite 3).

Besonders stolz ist die Kuratorin auf die Zusammenarbeit mit dem US-amerikanischen Nova Scotia Museum und die Rückgabe der Überreste von zehn hessischen Soldaten. Aufgrund eines Vertrags zwischen dem englischen König und Hessen-Kassel stellte der Landgraf Großbritannien 12.000 Soldaten gegen Geld zur Verfügung. England schickte diese Truppen nach Nordamerika, um dort gegen die britischen Kolonien zu kämpfen, die sich eben erst für unabhängig erklärt hatten und heute die Vereinigten Staaten von Amerika bilden. Bereits von Zeitgenossen wurde dieser »Soldatenhandel« scharf kritisiert, obwohl er damals gültigen Gesetzen folgte.

Die Knochen wurden vor einigen Jahren von einem Schlachtfeld geborgen und aufgrund der Ausrüstungsreste als hessische Soldaten identifiziert. Eine Weile waren sie im Nova Scotia Museum ausgestellt, jetzt kehren sie nach Hessen zurück.

»Es ist uns ein großes Bedürfnis, die Überreste der Gefallenen und

97

damit symbolisch alle überlassenen Soldaten in die alte Heimat zu überführen«, sagte die Kuratorin.

Einer der hessischen Soldaten diente zur Inspiration der Sage von der schläfrigen Schlucht, die 1999 unter dem Titel »Sleepy Hollow« mit Johnny Depp verfilmt wurde.

Die Ausstellung wird am 1. November im Hessischen Landesmuseum eröffnet und läuft bis zum 5. Februar.

»Noch etwas zu trinken, der Herr?«

Keine Reaktion.

Der Steward versteckte seine Erleichterung hinter einem professionellen Lächeln. Er konnte nicht sagen warum, aber bei dem Mann auf Sitz D9 überlief ihn eine Gänsehaut. Die müden, bleichen Züge und der Aktenkoffer schrien Geschäftsmann, doch unter dem schwarzen Mantel ragten schwere Stiefel hervor. Keine Bürouniform, das kam vor, gerade an einem Freitag und erst recht an einem inoffiziellen Feiertag voll künstlicher Spinnweben, Hexenpartys und Kürbiskuchen. Doch der Passagier hatte den Mantel seit dem Start nicht abgelegt, die Decke blieb unberührt, und er schien seit Grönland nicht einmal den Kopf bewegt zu haben!

»Noch etwas zu trinken, die Dame?«, fragte der Steward die nächste Sitzreihe etwas zu laut.

Die Schlagzeile ›Des Landgrafen Soldaten kehren heim‹ senkte sich und hinter einem Artikel über irgendeine Ausstellung in Kassel kam eine muntere Frau zum Vorschein. Sie genoss seit Grönland das Angebot an Bord. »Ja, bitte. Noch einen Tomatensaft.«

Der Steward nickte und griff nach dem halbleeren Karton.

»Wussten Sie, dass dieser Graf den Briten Soldaten verkauft hat?«, sprudelte das kürzlich erworbene Wissen aus ihr heraus.

Der Steward schüttelte den Kopf, doch als er den Saftkarton zurück in seinen Wagen stellte, meinte er im Augenwinkel eine Bewegung des Passagiers auf D9 wahrzunehmen. Doch als er genauer hinsah, saß der Mann so statuengleich wie zuvor. Wahrscheinlich, schloss der Steward, hatte er sich geirrt und der Mann schlief, ohne sich groß zu bewegen. So etwas kam hin und wieder vor und konnte einem auch mit 17 Jahren Erfahrung in Transatlantikflügen einmal unheimlich erscheinen. Vermutlich lag es an der langen Schicht, den Turbulenzen der Reise und dem Datum – immerhin war Halloween. Mit professionellem Lächeln servierte der Steward das 66. Glas Tomatensaft auf diesem Flug New York – Frankfurt.

Es war eine Wohltat, die Enge des Flugzeugs, die falsche Diensteifrigkeit des Stewards und die raschelnde Zeitung hinter mir zu lassen. Der Flughafen unterschied sich kaum von seinem Pendant auf der anderen Seite des Atlantiks. Etwas weniger Werbung. Doch sonst glich es den Vereinigten Staaten – Glas, Stein, Anzeigetafeln, steuerfreier Alkohol, müde und aufgeregte Menschen.

Der blaue Pass brachte mich mitsamt des Koffers problemlos durch die Kontrolle. Wieder einmal nicht mein richtiger Name oder meine eigenen Dokumente. Keine Ahnung, auf welchem vergessenen Schlachtfeld ich die verloren hatte, wahrscheinlich waren sie längst verrottet.

Auf der anderen Seite der Grenze das gleiche Bild: Glas, Hinweisschilder, Gepäck, glückliche Familien. Eine angeheiterte Gruppe in Vampirellakostümen, die laut einem bunten Pappschild auf ›Saskia‹ warteten.

Eine Plakatwand wies auf die Ausstellung in Kassel hin. Natürlich nutzten sie das Bild des Landgrafen, von uns gab es ja auch keine prachtvollen Gemälde. In der Ecke blitzte klein der hessische Löwe, kampfbereit wie eh und je. Nur seine Krone hatte er im Laufe der Zeit verloren.

Plötzlich schien die Halle zu eng und ich beeilte mich, ins Freie zu kommen.

Draußen begrüßte mich ein kühler Nachtwind. Er trug Abgase mit sich, Lärm und einen Hauch von Heimat. Eine Kette blasser Taxis schob sich am Straßenrand entlang und in der Ferne funkelten die Türme der Stadt. Natürlich, Frankfurt hielt sich schon immer für etwas Besseres und versuchte jetzt auszusehen wie Manhattan. Wahrscheinlich verdienten die Frankfurter damit einen Haufen Geld, wie üblich.

Die Taxis verschlangen die Reisenden, doch mir fehlte jeder Drang, mich erneut in einen Blechkasten zu zwängen. Natürlich konnte man ein Flugzeug oder auch ein Auto nicht mit Truppentransportern oder so mancher Kaserne vergleichen, doch ich hatte jetzt acht Stunden unter Menschen gesessen, es reichte. Also brauchte ich ein Gefährt, ich würde die Strecke freiwillig ganz bestimmt nicht laufen. Die Zeiten langer Märsche lagen hinter mir! Wie weit mochte es wohl sein, 130 Meilen? Also, amerikanische Meilen, die Länge hessischer wollte mir seit Jahrzehnten nicht mehr einfallen.

Ich sah mich um, und diesmal achtete ich auf die Schilder, auch wenn mir der Landgraf erneut entgegenblicken konnte.

Da, ein Parkhaus!

Niemand störte sich daran, dass ich auf Ebene B1 zügig die Autoreihen entlang marschierte. Die anwesenden Menschen hielten mich mit dem Koffer für einen Geschäftsmann, und die Fahrzeuge schreckten nicht wie Pferde vor mir zurück. Ich mochte diese Tiere, immer noch, und hatte im Laufe der Zeit mehr als eines an mich gewöhnt. Aber das brauchte Zeit, und Pferde waren ach so sterblich, besonders im Krieg. Und viel zu oft war der halbe Stall nervös geworden, sobald ich hineinkam, die Fahrzeuge dagegen standen ruhig da und warteten.

In der Nordecke, fast versteckt, fand ich endlich ein schwarzes Motorrad. Ich stellte den Koffer daneben und strich mit der Hand über den Lenker wie früher über eine weiche Pferdenase.

»Das nenne ich mal Begeisterung!«, riss mich eine Männerstimme anerkennend aus meiner Bewegung.

Ich hatte gehört, wie sich zwei Menschen näherten, aber nicht erwartet, dass sie mich ansprechen würden. Deutsche hielten sich im Vergleich zu den Amerikanern doch eher reserviert zurück. Ich drückte den Koffer mit der Stiefelspitze gegen das Motorrad und drehte mich langsam zu der Stimme um.

Ein junges Paar stand neben einem schnittigen Auto zwei Fahrzeuge weiter, sie mit einer plastikverpackten Rose in der einen und dem Autoschlüssel in der anderen Hand. Er warf eben einen prallen Rucksack in den Kofferraum, der nicht ganz zu seiner Geschäftsuniform passen wollte.

»Ja«, sie lachte. »Aus dem Flieger direkt zur Party!«

Eine Party? Wovon sprachen sie? Gab es Halloweenpartys mittlerweile auch in Hessen? Außerdem verstand ich sie schlechter, als mir lieb war, ihr Deutsch klang fremd.

Er nickte, glücklich in ihrer Nähe zu sein. »Fettes Kostüm!«

»Ja?«, fragte ich langsam. Sah ich etwa trotz anderer Kleidung immer noch aus wie in der Geisterbahn? Meine zerfetzte Konföderierten-Uniform lag doch seit Wochen im hintersten Müllcontainer. Oder saß der Kopf mittlerweile schief? Ich musste ihn eh dringend loswerden.

»Ja, der Mantel ist echt cool.« Er nickte, um seine Worte zu unterstreichen, wahrscheinlich überlegte er jetzt, ob er seinen Kleidungsstil ändern sollte.

»Danke.« Cool kannte ich, das hatten sie eine Weile in Amerika auch gesagt. Aber ich wusste nicht mehr, woher der Mantel stammte, doch ich mochte ihn. Er erinnerte mich an meinen Mantel früher, zu einer besseren Zeit.

»Viel Spaß auf der Party!«, rief sie gut gelaunt und warf sich auf den Fahrersitz.

»Ja, Kumpel, viel Spaß!«

Er plumpste neben sie und knallte die Tür zu. Dann brausten sie in einem Wirbel Verliebtheit davon und ließen mich mit einer plötzlichen Sehnsucht im Inneren zurück. Körperliche Nähe fehlte mir selten, aber ich hätte mich gern noch einmal verliebt. Mit allem, was dazu gehört: Herzklopfen, flauer Magen und aufgeregtem Warten auf ihre nächste Nachricht. Aber diese Fähigkeit hatte ich auch auf einem namenlosen Schlachtfeld verloren.

Ich öffnete den Koffer, holte Kürbis heraus und knallte ihn auf den Lenker. Jetzt würden sie mich wirklich für einen Halloween-Partygast halten, wer sonst fuhr mit einer Kürbislaterne auf dem Motorrad herum?

»Na endlich, ich dachte schon, ich muss da drin ersticken.« Hinter dem eingeschnittenen Gesicht von Kürbis flackerte es empört.

»Du kannst nicht ersticken«, erinnerte ich ihn. »Also hör auf zu meckern.«

»Es war nicht sehr angenehm. Eng, dunkel ...«

»Ich sagte, hör auf zu meckern! Du wusstest, was auf dich zukommt. Und jetzt sei still, hier sind Menschen.«

Er flackerte noch etwas beleidigt vor sich hin, schwieg jedoch.

Ich strich dem Motorrad über den Lenker und bückte mich, um es von seiner Kette zu befreien. Das Schloss brach wie morsches Holz in meiner Faust, ich zog es heraus und warf es zur Seite. Sollten sich die Gendarmen – nein, Polizisten hieß das jetzt – sollten sich die Polizisten doch später fragen, welches Werkzeug die Kette derartig zerstören konnte.

Ich schob den Koffer mit dem Fuß zur Seite, wir brauchten ihn nicht mehr, und weckte den Motor mit sanftem Klopfen auf den Sattel.

Zeit, hier zu verschwinden!

Frankfurt war über seine alten Grenzen hinausgewachsen und sonst wie erwartet: laut und voll. Bis auf die Architektur hatte sich hier nichts geändert. Verfolgt vom Landgrafen auf den Plakatwänden floh ich nach Norden.

Der nächtliche Taunus nahm mich in seine waldreiche Umarmung auf, doch das tat er mit jedem. Willkommen hieß er mich nicht.

Kürbis auf dem Lenker leuchtete, wenn uns ein einsames Auto entgegenkam, doch sonst schwieg er zum Glück, während ich die maximale Geschwindigkeit des Motorrads erprobte.

Auf dem Feldberg ragten jetzt ein Aussichtsturm, Funkmasten und eine Gaststätte in den Nachthimmel auf, doch zum Glück wurde dort keine Halloweenparty veranstaltet – hier herrschte Ruhe.

Ich schwang mich vom Motorrad und starrte vom Brunhildis-felsen über die Dörfer meiner Kindheit. Anders als viele meiner Kameraden war ich freiwillig in den Dienst des Landgrafen getreten. Ich hatte mir Geld davon versprochen, Soldat zu werden, viel Geld. Oder zumindest so viel, dass es reichte, Marias Vater zu beeindrucken und sie aus dem schrecklichen Oberems zu befreien. Der Werber hatte mir den ersehnten Reichtum auch versprochen, von Amerika und dem Tod durch einen Säbel war nie die Rede gewesen!

»Sind wir da?«, meldete sich Kürbis vom Lenker. »Ich dachte, wir wollten in ein Museum.«

Ich wandte mich zu ihm um. »Sieht das hier aus wie ein Museum?«

Er drehte den Stiel in alle Richtungen. »Nein. Also, wo sind wir hier?«

»Auf dem Feldberg, keine Ahnung wie er heute heißt.« Außer den großen Städten schien nichts mehr zu sein wie früher, selbst der Löwe war ohne seine Krone ein anderer als zuvor.

»Und was wollen wir hier?« Neugierig flackerte es in Kürbis' Augen auf.

»Abstand zu den Menschen bekommen.« Den lebenden Menschen mit ihrem seltsamen Deutsch und ihren amerikanischen Halloweenpartys – ob sie wussten, dass das Fest eigentlich aus Irland stammte?

»Warum, wie sind die Menschen hier?«

»Sehr lebendig.« Alle, die ich hier kannte, waren seit über 200 Jahren tot. Warum hatte ich gedacht, es sei jetzt eine gute Idee, nach Deutschland zu reisen? Ich hatte mich doch sogar während der letzten großen Kriege darum gedrückt, hierher zu müssen und mich deswegen sogar für den Pazifikeinsatz gemeldet! Gegen Kürbis' Protest! Offiziell war meine damalige Identität bei Guadalcanal gefallen, ihr Kopf musste da immer noch irgendwo herumliegen.

»Überrascht dich das?« Kürbis klang genervt.

Ich antwortete nicht. Warum sprach ich überhaupt mit diesem anstrengenden Gemüse? Stattdessen legte ich die Hand auf die Motorradflanke und versuchte, die Wärme der Maschine zu fühlen. Doch ich spürte sie ebenso wenig wie den kalten Herbstwind.

»Du weißt, wo wir hin müssen?«, fragte Kürbis nach langem Schweigen.

»Ja.« Selbst wenn die Straße jetzt anders verlief, Kassel würde nicht schwer zu finden sein. Dort musste ich dann nur den Plakaten folgen. Wieder dem Landgrafen hinterher.

»Meinst du, dass er dort sein wird?«

Ich wusste es nicht. Nicht mehr. In New York war ich voller Hoffnung ins Flugzeug gestiegen, aber jetzt? Wie hoch war die Wahrscheinlichkeit wirklich, dass sich unter den Überresten der zehn Soldaten, die sie jetzt zurück nach Kassel überführten, ausgerechnet ein Teil meines Kopfes befand?

»Du bist dir nicht mehr sicher«, stellte Kürbis fest. Sein Licht wurde schwächer.

»Nein.« Ich hob einen Stein auf und schleuderte ihn in die Tiefe.
»Ich auch nicht.« Kürbis ließ den Stiel hängen. »Wir wussten von Anfang an, dass es nicht sonderlich wahrscheinlich ist.«

»Ja.« Ich warf einen weiteren Stein in den Wald hinab.

Der knappe Artikel schien so harmlos: Bei einigen Überresten aus dem Unabhängigkeitskrieg handelte es sich vermutlich um hessische Soldaten, und sie wurden jetzt zurück in die Heimat überführt. Ins Detail gegangen war die Zeitung nicht, vom Soldatenhandel hatte die Reporterin wahrscheinlich noch nie gehört, und Tote aus dem Unabhängigkeitskrieg interessierten die Amerikaner nur, wenn sie Helden der eigenen Seite sein konnten. Die Deutschen sahen das offenbar anders und widmeten dem Landgrafen gleich eine ganze Ausstellung.

In mir hatte der kurze Text eine Hoffnung geweckt, die längst verloren auf Schlachtfeldern, in Kuriositätenkabinetten und Geisterbahnen lag.

Und jetzt stand ich hier und die Hoffnung erschien mir so trügerisch wie die Worte des Werbers.

»Willst du trotzdem nachschauen?«

»Ich weiß nicht.« Wollte ich meinen alten Kopf wirklich zurück? Da war ich so viele Tode gestorben auf den Schlachtfeldern jener fernen Neuen Welt, aber meine Heimat erkannte ich nicht wieder. Sie erkannte mich nicht wieder.

Das würde sich nicht ändern, wenn ich meinen alten Kopf zurückbekam. Er konnte mir nichts zurückgeben, auch mit ihm würde ich nicht mehr lieben oder den Wind spüren können.

»Willst du zurückfliegen?« Kürbis klang besorgt.

»Nein.« Eigentlich brauchte ich überhaupt keinen Kopf, weder meinen eigenen noch einen anderen, ich war schließlich seit 200 Jahren tot. Plötzlich überkam mich das dringende Bedürfnis den geliehenen Kopf loszuwerden, ich trug ihn schon viel zu lange. »Wir bleiben noch eine Weile hier.«

»Ach so«, sagte Kürbis, der meine Gedanken immer verstand. »Du meinst, wenn wir schon mal hier sind ...«

»Ja.« Ich nahm den fremden Kopf ab und warf ihn den Steinen hinterher in die Tiefe. Dann schwang ich mich auf das Motorrad. Zeit, mir meine alte Heimat einmal anzuschauen.

»Dies ist RFH – Radio für Hessen. Achtung an alle, die heute Nacht im Taunus unterwegs sind: Im Raum Schmitten wurde ein Motorradfahrer gesichtet, der mit stark überhöhter Geschwindigkeit unterwegs ist. Angeblich trägt er eine Kürbislaterne auf dem Lenker und soll keinen Kopf haben. Da hat wohl jemand bei der Meldung zu tief ins Glas geschaut oder mit dem Halloweenkostüm übertrieben. *Lachen* Fahren Sie vorsichtig und rufen Sie lieber ein Taxi, wenn Sie getrunken haben. Aber jetzt gibt es einen Thriller auf die Ohren mit Michael Jackson!«

Sarah Malhus

Zahltag

Der Geruch von Ale, Fish'n'Chips und Hafenarbeitern schlug Brar entgegen, als er die Tür zum *Tanzenden Leprechaun* aufstieß. Er sog die vertrauten Ausdünstungen ein wie Pfeifenrauch, und sofort breitete sich Ruhe in ihm aus.

Hinter ihm schüttelte sich Korin den Regen vom Mantel. »Nun geh schon rein! Hinter mir gießt es wie aus Eimern«, blaffte er und schubste Brar in den Pub hinein.

»Ist ja schon gut.« Der machte einen Schritt zur Seite und suchte zugleich mit seinen Augen die Theke ab. *Mist!* Da stand sie. Er schluckte und sah sich nach einem Platz weit weg vom Tresen um.

»Hallo Astris«, hörte er Korin rufen. Dabei winkte dieser überschwänglich Richtung Tresen.

»Du Idiot«, zischte Brar.

»Was ist denn?«, fragte Korin ungerührt.

»Ich habe Streit mit ihr, das ist!«

»Ich will trotzdem an der Bar sitzen. Da gehöre ich nämlich hin.« Schon bahnte Korin sich einen Weg durch die Gäste und ließ sich auf einen Barhocker fallen.

Fluchend trottete Brar ihm hinterher. Sich woanders einen Platz zu suchen war jetzt keine Option mehr. »Astris.« Er nickte ihr zu, ohne sie direkt anzusehen.

Statt einem vollen Pint, wie üblich, landete ein dreckiger Putzlappen vor ihm. »Wenn du was trinken willst, saug den aus. Von mir bekommst du nichts!«

Angewidert schob Brar den Lumpen zur Seite und warf einen Blick auf Korin, der sein Pint bereits zur Hälfte geleert hatte und zufrieden seufzte. Brar pfiff nach dem zweiten Barmädchen, Merily, und orderte bei ihr ein Pint und eine Überraschungspastete.

»Und, Astris, wie laufen die Vorbereitungen für das große Fest?«, versuchte er es mit einem unverfänglichen Thema.

»Ach, darüber willst du reden? Aber über das, was ich gestern unter unserem Bett gefunden habe, breitest du einen Mantel des Schweigens, was? Nicht zu fassen!« Astris zerbrach das Glas, das sie soeben spülte. »Autsch!«, entfuhr es ihr. Blut mischte sich mit dem Spülwasser und färbte es grünlich. Eilig zog sie die Hand heraus und inspizierte den Schnitt. »Du bist nur dazu gut, mir Schmerzen zu bereiten, Brar!« Sie angelte nach einer Papierserviette.

Schnell wandte Brar sich der dampfenden Pastete zu, die Merily mit einem knappen »Heute gibt's Kürbis!« vor ihm abstellte.

»Waf haf fie denn unferm Beff gefundn?«, fragte Korin interessiert, den Mund voller Mac'n'Cheese.

Brar warf ihm einen vernichtenden Blick zu. »Das geht dich gar nichts an!«

Abwehrend hob Korin die Hände, von seiner Gabel tropfte zäh der Cheddar. »Ist ja gut, Kumpel. Beruhig dich.«

»Morph habe ich gefunden, eine ganze Wagenladung! Kannst du dir das vorstellen?«, explodierte Astris. »Ich freue mich seit Wochen auf die Festtage und dass ich endlich mal wieder ich selbst sein kann. Und der da verleugnet seine Wurzeln mithilfe dieser Synth-Scheiße!«

»Brüll hier nicht so rum, verdammt!« Hitze wallte durch Brars Körper, und seine Augen schmerzten, als sich seine Sicht instinktiv verstärkte. Der Faun in ihm ging in Lauerstellung und wartete nur darauf, die Überhand zu gewinnen.

»Nicht hier drin, hier sind Menschen«, raunte sie ihm zu und warf einen nervösen Blick entlang des Tresens.

»Ach was?«, presste er hervor und wühlte in seiner Hosentasche nach der kleinen Metalldose. Er fischte sie aus den Falten seiner Hose, öffnete sie mit zitternden Händen und ließ eine der Pillen in seinem Mund verschwinden. Kurz darauf klärte sich seine Sicht, und sein Puls beruhigte sich. Brar fixierte Astris, die ihn halb sauer, halb besorgt beobachtete. »Sei froh, dass ich das Zeug habe. Ich verleugne meine Wurzeln nicht, ich will sie nur im Zaum halten!«

»Du könntest dich auch einfach besser unter Kontrolle haben.«
Astris' Tonfall traf ihn mehr als ihre Worte. Er sprang vom Barhocker und drängte sich durch die anderen Gäste hindurch Richtung Tür.

Draußen vor dem Pub konnte Brar besser atmen. Es regnete nicht mehr, und der an der Küste allgegenwärtige Wind trug das Salz vom Meer über Nordhaven. Auch wenn dieser Ort ein ungewöhnlicher Lebensraum für einen Faun sein mochte, er fühlte sich in seiner Wahlheimat tausendmal heimischer als in jedem Wald.

Brar beschloss, trotz des fortgeschrittenen Tages zum Fischen hinauszufahren. Er musste den Kopf freibekommen. Und sich Gedanken machen, wie es mit Astris weiterging. Sie liebte ihr Dasein als Nymphe, wohingegen er seine menschliche Erscheinung bevorzugte. Keine Hufe als Füße! Konnten seine Vorfahren noch genug Waldflächen für sich beanspruchen, konnten Faune heutzutage – wie alle Fabelvölker – keineswegs unbehelligt ihr göttergegebenes Dasein leben.

Eine Hand legte sich auf Brars Schulter und zog ihn in eine Seitengasse. An die raue Steinmauer gepresst, erkannte er, wen er samt seinem Leibwächter vor sich hatte und bemühte sich um ein Lächeln.

»Grüß dich, Ériuu. Zu dir wollte ich gerade.«

»Hallo, Brar. Sicher doch. Das habe ich sofort an deinem forschen Gang erkannt.« Ériuu gab seinem Bodyguard einen Wink. Doch anstatt die Hand wegzunehmen, drückte der Leibwächter Brar noch fester gegen die Wand.

»Das heißt, du hast mein Geld?« Auffordernd streckte der Sídhe die behandschuhte Hand aus.

Brar rang nach Worten.

»Meine Geduld ist am Ende!« Ériuus Augen verengten sich zu Schlitzen. »Ich gebe dir noch Zeit bis Samhain. Wenn du mir mein Geld dann nicht ungefragt auf die Veranda stellst, knüpfe ich dich am nächsten Baum auf, du Paarhufer!«

Der Zeigefinger seines Dealers bohrte sich schmerzhaft in Brars Brust, während sich die Hand des Leibwächters einer Schraubzwinge gleich um seine Schulter schloss. Immer noch sprachlos, brachte er nur ein Nicken zustande.

»Gut. Wir sehen uns. Ich freue mich schon darauf.« Ériuu zwinkerte ihm zu, dann machte er auf dem Absatz kehrt und pfiff nach seinem Leibwächter.

Brar wartete, bevor auch er die Gasse verließ und massierte sich die lädierte Schulter. Er verzog das Gesicht, während er mit den Fingern über die wunde Stelle fuhr. Brar hob ein paar Mal prüfend seinen rechten Arm, was einen scharfen Schmerz nach sich zog. »Für heute kann ich das Fischen wohl vergessen«, stöhnte er.

Wenig später saß er hinter dem Lenkrad seines Pick-ups und fuhr durch Nordhaven. Überall dekorierten die Bewohner der Stadt ihre Häuser für Halloween. In den Vorgärten reihte sich Kürbis an Kürbis und konkurrierte mit Hexen, Geistern und schwarzen Katzen aus Plastik. Brar lenkte seinen Wagen nach Hause. Streit mit Astris hin oder her, er brauchte eine Mütze Schlaf und einen Plan, wie er das noch fehlende Geld für Ériuu beschaffen konnte.

Ein Kreischen riss Brar aus dem Schlaf. Nur durch einen Reflex rettete er sich vor einem Fall von der Couch. Sein Herz schlug einem Hammer gleich auf seine Rippen ein, während sein Blick sich viel zu langsam klärte. Dunkelheit umgab ihn, durchbrochen von einer rechteckigen Lichtquelle links von ihm. Sein Handy klingelte. Wann war er auf die dumme Idee gekommen, den Song einer Powermetalband als Klingelton einzustellen? Unwillig griff er nach dem Gerät.

»Ich hoffe, es ist wichtig«, knurrte er.

»Hey Mann! Ich bin's, Korin. Alles klar bei dir?«

»Nein.«

»Super! Ich hoffe, ich störe nicht?«

»Doch, tust du.«

»Ah, da bin ich aber froh! Hör mal, du bist gestern einfach so abgehauen, und beim Boot warst du auch nicht mehr.«

»Und deswegen reißt du mich mitten in der Nacht aus dem Schlaf?!« Brar schielte kurz auf das Display. 02:52 Uhr.

»Ich ... na ja«, stotterte Korin.

»Sie haben nur eine Minute«, hörte Brar eine andere Stimme im Hintergrund.

»Wieso hast du nur eine Minute?«, fragte er misstrauisch.

»Nun ja, weißt du ...«

»Spuck's aus!«

»Ich bin bei der Polizei, okay? Sie lassen mich nur gegen Kaution gehen und haben mir erlaubt, eine Person anzurufen.«

»Und da denkst du an mich und dass ich deine Kaution stelle?«

»Du hast doch grad was auf der hohen Kante«, flüsterte Korin in den Hörer.

»Ja, aber das ist für was anderes!« Brar seufzte. »Wie viel?«

»Dreihundert Pfund.«

»Das ist nicht dein Ernst! Was hast du angestellt?«

»Sie müssen jetzt auflegen«, drang die autoritäre Stimme von eben erneut durch den Hörer.

»Ich erzähl's dir später. Hol mich aus dem Revier! Und beeil dich.«

Die Verbindung brach ab. Ungläubig starrte Brar sein Handy an und schüttelte den Kopf. Korin war sein bester Freund, aber in Situationen wie dieser wollte er ihn einfach nur erwürgen. Er hievte sich von der Couch und angelte nach seiner Hose, schob Handy und Schlüssel in die Taschen. Dann schlich er auf Zehenspitzen zum Schlafzimmer. Durch den Türspalt sah er Astris im Bett liegen. Als sie, einige Stunden zuvor, von ihrer Schicht nach Hause kam, mimte Brar erfolgreich den tief Schlafenden, um dem unabwendbaren Gespräch mit ihr noch ein wenig länger ausweichen zu können.

Er ging in die Küche und suchte im Vorratsschrank nach der Dose mit Haferflocken. Leise öffnete er sie, zog den Beutel mit dem Getreide heraus und stellte ihn zur Seite. Zum Vorschein kam ein Bündel Geldscheine. Stumm zählte er die Kautionssumme ab und stopfte den erbärmlichen Rest zurück in die Büchse, die Flocken hinterher.

Auf dem Polizeirevier stellte Brar sich bei der Pforte an, vor der gerade eine ältere Dame erregt auf den diensthabenden Polizisten einredete. Brar konnte nicht überhören, was die Frau offenbar hierher führte.

»Junger Mann, Sie verstehen den Ernst der Lage nicht! Es geht hier nicht um irgendeinen Kürbis, es geht um einen *sprechenden* Kürbis, der mir aus meinem Garten gestohlen wurde!«

»Gnädigste, ich verstehe sehr gut. Ihnen wurde eine Halloweendekoration entwendet. Ich habe das so notiert. Welchen Wert darf ich vermerken?«

»Es ist nicht einfach nur eine«, sie spie das Wort regelrecht aus,

»*Halloweendekoration!* Und sein Wert lässt sich nicht beziffern. Dieser sprechende Kürbis war schon in Familienbesitz, da hat das Universum noch nicht einmal an Sie gedacht! Und jetzt will ich, dass Sie unverzüglich die Spurensicherung in meinen Garten schicken!«

Brar gluckste belustigt über den ungläubigen Gesichtsausdruck, den der Polizist machte. Um das Lachen zu überspielen, räusperte er sich, was den Beamten auf Brar aufmerksam machte. Er winkte ihn heran. »Was kann ich für Sie tun?«

»Ich bin wegen eines Freundes hier, dessen Kaution ich stellen möchte.« *Und danach bringe ich ihn um*, fügte er in Gedanken hinzu.

»In Ordnung. Gehen Sie durch.«

Ein Summen ertönte, und Brar beeilte sich, die Tür aufzudrücken.

»Wir sind hier noch nicht fertig«, hörte er die alte Dame noch sagen, bevor die Tür zufiel.

In der Dienststelle sah sich Brar einer Beamtin gegenüber.

»Guten Abend, ich bin hier, um einen gewissen Korin abzuholen.«

Die Polizistin nickte und tippte etwas in ihren Computer. »Ihr Freund war ziemlich umtriebig diese Nacht. Erst hat er die ganze Kuhherde eines Bauern freigelassen, dann dessen geerntete Kartoffeln auf der Hauptstraße verteilt und zu guter Letzt im Hafen ein paar Boote losgebunden, bevor wir ihn festsetzen konnten. Mittlerweile ist er runter von seinem Trip. Aber was auch immer er eingeworfen hatte, muss neu sein. Unsere Drogentests konnten keine Substanzen feststellen.« Sie lächelte Brar unverbindlich an.

»Das macht dann dreihundert Pfund.«

Zähneknirschend griff Brar in seine Lederjacke und zog die Scheine heraus. Bevor er es sich nochmal überlegte, warf er das Geld vor die Beamtin auf den Tresen. Sie griff danach und zählte routiniert, dann drehte sie sich um und winkte einem Kollegen, der nickte und verschwand. Wenige Minuten später kam er, mit Korin im Schlepptau, zu ihnen nach vorne.

»Brar! Ich bin so froh, dich zu sehen«, begrüßte ihn sein Freund überschwänglich, während ihm der Polizist die Handschellen abnahm.

Brar erwiderte die Freude mit einem gezwungenen Lächeln. »Lass uns fahren.«

Beim Pick-up streckte Korin die Hand nach der Tür aus, doch Brar schmetterte ihn dagegen, packte ihn an der Schulter und riss ihn herum. Die ängstlich aufgerissenen Augen seines Gegenübers verschafften ihm eine unheimliche Genugtuung.

»Du närrischer Puka! Hast du dich nicht unter Kontrolle? Mit dem Geld, dass ich eben für dich aus dem Fenster geworfen habe, hätte ich Ériuu bezahlen müssen, ist dir das klar?«

»Au, du tust mir weh!«, beschwerte sich Korin und versuchte, Brar fortzuschieben, doch der dachte gar nicht daran, den unbeherrschten Puka loszulassen.

»Nimmst du dein Morph nicht? Mittlerweile müsstest du klüger sein!«

»Ich hab keins mehr«, murrte Korin und senkte den Blick.

»Dann besorg dir neues!«, fegte Brar die lausige Ausrede beiseite.

»Ich hab kein Geld. Ich hab alles für die eine Menschenfrau ausgegeben, die ich letztens kennengelernt habe. Sie ist so unglaublich ...«.

»Ich will gar nicht wissen, was sie ist, Korin. Was ich allerdings wissen will ist, wie und wann du mir die dreihundert Pfund zurückzahlst, wenn du kein Geld hast. Morgen läuft meine Frist bei Ériuu ab. Wenn ich nicht mit dem Geld aufkreuze ...«

»Dann gib ihm das Morph doch zurück«, schlug Korin vor.

»Zurückgeben?« Ruckartig ließ Brar den Puka los. »Ériuu wird ablehnen. Er ist doch kein x-beliebiger Versandhandel!«

»Zumindest fragen kostet nichts.« Korin zuckte mit den Schultern.

Brar presste für einen kurzen Moment die Handballen gegen die Augen und atmete tief durch. »Steig ein. Ich fahr dich nach Hause.«

Brar schloss die Wohnungstür. In der Küche setzte Astris gerade Kaffee auf.

»Guten Morgen«, versuchte er sich an einem möglichst unverfänglichen Gesprächseinstieg.

»Wo hast du dich rumgetrieben?«

Brar blies die Backen auf und starrte an die Decke. »Hast du genug Kaffee für zwei gemacht?«

»Nein.«

Okay, das würde eine reizende Unterhaltung werden. »Ich habe Korin aus dem Knast geholt. Der Puka in ihm war letzte Nacht außer Kontrolle.«

Astris nickte knapp. Die Antwort schien sie zumindest für den Moment zufrieden zu stellen.

»Das hat mich dreihundert Pfund gekostet. Dafür werde ich Korin für den Rest seines erbärmlichen Lebens auf meinem Kutter schuften lassen!« Brar lachte rau.

Astris knallte die Kaffeedose auf die Arbeitsplatte. Das Pulver darin stob auf und verteilte sich großzügig auf der mattweißen Fläche. »Woher hast du denn dreihundert Pfund? Du liegst mir ständig in den Ohren, dass dir das Geld vorne und hinten nicht reicht!« Sie funkelte ihn an, dabei wechselten ihre Augen in alle Grüntöne, die die Natur kannte. Die Nymphe in ihr war gefährlich nah an der Oberfläche.

»Das war für das Morph, das ich jetzt nicht mehr bezahlen kann. Deswegen gebe ich es Ériuu zurück. Zumindest hoffe ich, dass er es nimmt.« Er zuckte mit den Schultern.

Astris wandte ihren Blick ab, griff nach einem Tuch und begann mit hektischen Bewegungen, den Kaffee aufzuwischen. »Du ... Du kannst ihm das Morph nicht zurückgeben.«

Brar wurde hellhörig. »Wieso nicht?«

»Weil ich es im Klo runtergespült habe«, murmelte Astris.

Brar klappte der Kiefer nach unten. »Sag das nochmal!«

»Ich habe dein verfluchtes Morph im Klo runtergespült!«, schrie sie ihn an.

»Bist du von allen Göttern verlassen? Das Zeug war ein Vermögen wert!«

»Jetzt freuen sich die Kanalratten darüber.«

Astris' flapsiger Ton brachte sein ohnehin schon erhitztes Gemüt zum Überkochen. »Damit hast du mein Todesurteil unterschrieben, ist dir das klar?«

Brar stürmte aus der Küche, hinüber ins Schlafzimmer und durchwühlte den Kleiderschrank, bis er eine Sporttasche gefunden hatte, in die er wahllos Kleidungsstücke stopfte. Er hetzte zurück und schubste Astris zur Seite. Erneut kramte er die Dose Haferflocken hervor, um die verbliebenen Scheine herauszuholen.

»Was hast du vor?«

»Ich muss verschwinden. Ériuu hat mir Zeit bis morgen gegeben, um zu zahlen. Was ich jetzt nicht mehr kann! Die nächste Begegnung ohne dickes Geldbündel wird mich das Leben kosten!«

»Und wo willst du hin?«, verlangte Astris zu wissen.

»Das werde ich dir garantiert nicht sagen!«, herrschte Brar sie an. »Wegen dir bin ich überhaupt in dieser Lage!«

»Wegen mir? Als hätte ich dich gezwungen, dir so etwas wie Morph reinzupfeifen!«

»Nein, das nicht. Aber du Sumpfhuhn hättest es auch nicht im Klo runterspülen müssen!«

Brar ließ seine Freundin stehen und knallte die Wohnungstür hinter sich zu. Er brauchte sofort ein verdammt gutes Versteck.

Astris öffnete den Kofferraum und holte den Korb mit den für das Festmahl vorbereiteten Speisen heraus. Auf dem kurzen Weg zum Síd, dem Feenhügel, trug ihr der Wind die Stimmen derer entgegen, die sich dort bereits versammelten.

»Astris! Schön, dass du auch schon hier bist«, begrüßte sie Merily, ihre dryadische Kollegin aus dem Pub. Sie blickte suchend an Astris vorbei. »Wo hast du Brar gelassen?«

»Wir reden besser nicht über ihn.« Astris hielt den Korb mit Essen hoch. »Ich liefere den erst einmal ab.«

Astris stellte ihren Beitrag für die Festtafel – welche von einem sprechenden Kürbis mit derbem Wortschatz beaufsichtigt wurde – zu den anderen Speisen, dann machte sie sich daran, beim Aufschichten des Holzes für das große Feuer zu helfen. Dabei kam sie an dem Gehege vorbei, in dem die dieses Jahr erstgeborenen Nutztiere – ein Kalb, ein Zicklein und ein Lamm – ausharrten. Sie würden heute Nacht als Blutopfer der Besänftigung des Unterweltgottes Cenn Crúach dienen.

Astris ließ ihren Blick ab und zu über die Neuankömmlinge am Feenhügel schweifen und machte Korin unter ihnen aus, doch Brar entdeckte sie nicht. Wahrscheinlich würde er überhaupt nicht auftauchen. Astris dachte an seinen Abgang von gestern und beschloss, morgen das Schloss an der Wohnungstür austauschen zu lassen.

Kurz nach fünf verschwand die Sonne hinter dem Horizont. Bald darauf reckte sich die Flamme des Feenfeuers gen Himmel. Die Fabelwesen Nordhavens versammelten sich in ihrer wahren Gestalt.

Astris ging das Herz auf bei dem Anblick, welchen ihr das feiernde Volk bot. Auch sie wiegte ihren bloßen, mit Blättern und jungen Trieben geschmückten Körper im Takt der Melodie von Trommeln und Flöten, die die kühle Abendluft in Schwingung versetzte. Wie es die Tradition verlangte, warf sie dabei Tierknochen ins Feuer. Bald würden die Sídhe aus dem Hügel kommen und mit ihnen feiern. Dann würde auch Ériuu erscheinen und seinen Vertrag, wie alle anderen Fabelwesen auch, mit den Bewohnern des Síd erneuern. Nur mit deren Billigung konnten sie das ganze Jahr unter den Menschen leben und, in Ériuus Fall, Morph an das Fabelvolk verkaufen. Wut wallte in Astris auf. Der Sídhe bereicherte sich gnadenlos an den Fabelwesen, die ohne Morph ihren Traum, unter den Menschen leben, nicht verwirklichen konnten.

Anscheinend bewegte sie sich, gedankenversunken, nicht mehr zum Rhythmus der Musik. Im Vorbeitanzen stieß Merily sie mit der Hüfte an und lächelte berauscht, um gleich darauf weiter um das Feuer zu wirbeln.

Ein Summen mischte sich unter die Musik. Die Tanzenden hielten inne und auch Astris wandte den Blick zum Hügel. An einer Stelle sank die Erde ein und formte eine Treppe. Empor stiegen die Sídhe, jene Feen, deren Existenz sie alle heute ehrten. Sie bekamen Met und Brot gereicht, beides hergestellt aus der letzten Ernte des Jahres. Nach der traditionellen Kostprobe erhob sich eine der Sídhe.

»Wir grüßen euch, Fabelvolk, und freuen uns, dass ihr mit uns feiert!«, begrüßte die Sprecherin die Festgesellschaft. »Wie es Brauch ist, werden wir nach dem Blutopfer die Verträge mit euch erneuern. Holt das Vieh!«

»Nicht nötig«, drang eine Stimme durch die Menge. »Ich habe hier ein viel besseres Opfer für Cenn Crúach.«

Alle drehten sich um. Ériuu schubste Brar vor sich her. Der wehrte sich unablässig, die Muskeln seiner eindrucksvollen Faungestalt stemmten sich gegen die Fesseln. Astris drängte sich in seine Richtung und schnappte erschrocken nach Luft, als sie ihn besser sah. Seinen freien Oberkörper bedeckten blutige Schnitte und blaue Flecken, seine Hose hing ihm in Fetzen an den behuften Beinen.

Ériuu schob sich unbeirrt durch die Fabelwesen hindurch vor zum Feuer. »Er hat sich versteckt wie eine Wanze unter einem Stein, aber ich finde meine Kunden überall.« Ein triumphierendes Lächeln umspielte seine Lippen. »Ich schlage vor, dass wir Brar opfern. Er schuldet mir eine Menge Geld, und da er sie nicht zahlen will, empfinde ich sein Opfer als angemessenen Preis für meinen Verlust.«

»Ich will es doch zahlen, nur kann ich eben nicht *jetzt*!« Panik beherrschte Brar, sein Körper wie seine Stimme zitterten.

Astris wollte eingreifen, doch Korin kam ihr zuvor. »Es ist meine Schuld, dass er nicht bezahlen kann. Also kannst du nicht ihn dafür bestrafen!«, verteidigte der Puka das Leben seines Freundes.

»Nein, es ist meine Schuld.« Astris trat in den Schein des Feuers, damit alle sie sehen konnten. »Er wollte dir das Morph zurückgeben, doch ich habe es vernichtet.« Mittlerweile bereute sie ihr impulsives Handeln. Von wegen, Temperament gut im Griff haben.

Ériuu zuckte mit den Schultern. »Von mir aus können wir euch alle drei opfern. Wäre das den ehrenwerten Sídhe recht?«

Schlagartig wurde es um den Feenhügel gespenstisch still. Alle Anwesenden hielten den Atem an, um die Entscheidung der Feen nicht zu überhören. Quälend lang breitete sich das Schweigen immer weiter aus, bis, wie von Geisterhand, die Fesseln von Brar abfielen. Ein Funken Hoffnung erglomm in Astris' Brust.

Verdutzt zog Brar die Arme nach vorne und betrachtete sie, als sähe er sie zum ersten Mal.

»Wir stimmen dem Vorschlag des Ériuu nicht zu«, verkündete die Sprecherin der Sídhe. »Im Gegenteil. Wir sind der Auffassung, dass er seine Position missbraucht und somit Unsicherheit und Misstrauen unter dem Fabelvolk verbreitet. Wir erneuern seinen Vertrag heute Nacht nicht und verfügen seine Rückkehr in den Síd.«

»Was? Wie bitte?«, brachte Ériuu ungläubig hervor. »Das könnt Ihr nicht machen! Dieser Vertrag besteht schon seit Dekaden!« Während er gegen den Urteilspruch protestierte, schritt er – offenbar gegen seinen Willen – auf den Feenhügel zu.

Astris lief zu Brar und warf sich an seine Brust. Er schlang seine Arme um sie, was sie mit tiefem Frieden erfüllte.

»Nein! Hört auf damit!«, zeterte Ériuu und stemmte sich gegen den unsichtbaren Sog. »Lieber sterbe ich, als ewig mein Dasein in Tír na nÓg zu fristen. Nirgends ist es so öde wie dort!«

Die sonst so gleichgültigen Gesichtszüge der Sídhe entglitten ihr für einen Moment. »Wie kannst du es wagen, deine – unsere – Heimat derart zu beleidigen?« Mit einem Wink ihrer feingliedrigen Hand sorgte sie dafür, dass Ériuu nicht weiter auf den Feenhügel zuging, sondern in die Flammen des Festfeuers geschleudert wurde. Aus dem Schrei der Überraschung erwuchs ein Kreischen, das rasch erstarb.

»Und nun, bringt das Vieh«, wiederholte die Sídhe ihre Forderung, als wäre nichts geschehen. Korin beeilte sich mit ein paar Umstehenden, die Tiere aus ihrem Pferch zu holen, damit die Feierlichkeiten zügig weitergehen konnten.

Bald darauf war die Erde um das Feuer mit dem Blut der Opfer getränkt.

»Was für eine Vorstellung«, raunte Brar in Astris' Ohr.

Sie rückte von ihm ab und sah ihm in die Augen. »So fasst du das zusammen? Eine Vorstellung?«

»Immerhin habe ich jetzt keine Schulden mehr.« Brar grinste schief.

Astris griff nach seinen Händen und zog ihn Richtung des Feuers. »Komm, lass uns Samhain feiern und die Götter ehren.«

Petra Ottkowski

Preisgewinner

Nur noch zwei Tage, dann ist Halloween vorbei. Und Opas Riesenkürbis Geschichte. Und damit mein Gießjob. Schon den ganzen Sommer musste ich den Garten wässern, weil Mama, Papa und Opa arbeiten müssen.

Nein, das fällt nicht unter Kinderarbeit, wo ich unter sengender Sonne schwere Gießkannen schleppen müsste, denn der Gartenschlauch erreicht jede Stelle des Gartens. Opa hat es so clever eingerichtet, dass ich nur zehn Minuten auf alles draufhalten muss, bis der Boden schwarz aussieht. Bis er vor Nässe richtig quietscht. Alles kein Problem, wäre da nicht die Clique um Luca, Finn und Ole. Sie ärgern mich schon in der Schule jeden Tag. Und seitdem sie herausgefunden haben, was ich danach mache, verfolgen sie mich bis in Opas Schrebergarten. Wo wir dummerweise allein sind. Alle anderen Gärten stehen schon leer, winterfest gemacht für die kommenden Monate.

Jetzt im Herbst wirkt alles schaurig, der Wind fegt durch die Bohnengestelle, wo die trockenen Hülsen klappern wie Zähne. Bald wird das Wasser abgestellt. Aber vorher gibt es noch die Halloween-Party, wo der dickste Kürbis gekürt wird. Und Opas Favorit muss dazu mit ausreichend Wasser aufgepumpt werden. Gierig schlürft das Gemüse Wasser und verwandelt es in glibberiges, orangefarbenes Kürbisfleisch. Ein wahrer Monsterkürbis.

»Na, nässt du dich schon wieder ein?«, höre ich Luca hinter dem Zaun. Er feixt und hängt sich an die Sonnenblumen, neben dem Kürbis Opas zweiter großer Stolz.

Ole und Finn versuchen, eins der Riesendinger zu pflücken, aber die Sonnenblume wehrt sich. Ihre Stängel sind fies behaart, fast wie ein Unterarm.

Luca holt sein Klappmesser raus, mit dem er mich auch schon in der Schule oft erpresst hat.

»Na, wage es!«, schreie ich und halte den Schlauch neben ihn. Der harte Wasserstrahl knallt mit Wucht auf die dahinterliegende Holzhütte vom Nachbarn, deren Holz schon etwas zu morsch ist. Hoffentlich handele ich mir nicht noch mehr Ärger ein. Der Luca-Trouble reicht schon völlig aus.

Ich könnte die drei mit dem Schlauch verfolgen und ordentlich draufhalten. Das Wasser hat ganz schön hohen Druck, seitdem Opa eine Zwischenpumpe eingebaut hat.

»Passt auf«, brülle ich. »Ich könnte euch ein Auge ausschießen.« Um meiner Drohung mehr Überzeugung zu verleihen, ziele ich auf den Kürbis.

Es gibt einen Knall, wie bei einem Pistolenschuss. Orangefarbenes Fruchtfleisch quillt heraus und der Kürbis stöhnt, als wäre er lebendig.

Für Momente sind Finn und Ole tatsächlich verblüfft, aber das hält nicht lange an.

»Du weißt, das wäre nicht klug«, tönt Luca und schafft es gleichzeitig, eine Sonnenblume zu fällen. Das Viereinhalb-Meter-Teil, Opas ganzer Stolz, schleppt er als Beute hinter sich her, als die drei abziehen.

Was soll ich nur machen?

Und wie soll ich Opa erklären, dass sein Kürbis ein Loch hat?

»Hey, Kleiner, so weh tut es nicht«, höre ich eine knarrige Stimme hinter mir. Ich schaue mich um, aber da ist niemand. Der Garten sieht aus wie immer.

»Die Stelle wird man kaum sehen«, kommt es aus dem grünen Blätterwald unter mir. »Ich bin immer noch ein Preisgewinner-Modell!«

Ich versuche aus dem Garten zu rennen, aber etwas hält mich fest. Eine Kürbisranke windet sich um mein linkes Bein. »Du hättest vorhin ruhig auf die Jungs draufhalten sollen und nicht auf mich! Etwas mehr Mumm, Kleiner.«

Ich will mich befreien, aber die Ranke umschließt mich fester. Was soll ich nur machen? Der Monsterkürbis will mich hierbehalten!

»Au, was soll das?«, schreie ich auf.

»Das ist nichts gegen mein ausgeschossenes Auge.«

»Kürbisse haben erst ein Auge, wenn sie das Messer kennengelernt haben.«

»So, du willst mir drohen und das ist der Dank, dass ich dir geholfen habe?«

»Geholfen?«

»Ich kann dir auch helfen, dein Problem endgültig zu lösen.« Die Ranke quetscht mein Bein, als wollte sie alle Knochen pulverisieren. »Das ist nur eine Kostprobe, Kleiner. Beim nächsten Mal kann ich die Arme und Beine deiner Jungs wie Streichhölzer brechen.«

Mir läuft es kalt den Rücken hinunter. Nur nichts wie weg.

Mama entgeht nie etwas. Da kann ich noch so einsilbig antworten, sie findet alles raus.

»Es ist etwas im Gemüsegarten passiert, oder?«, fragt sie sanft beim Abendbrot.

Zum Glück brennt kein Licht, nur Kerzen flackern. Sonst würde sie sehen, wie ich tomatenrot anlaufe.

»Können wir nicht Opas Kürbis zum Gartenfest schlachten?«
»Bitte was?«

Aber was soll ich machen? Ich muss diesen unheimlichen, sprechenden Kürbis loswerden. Vor Halloween. Nicht, dass er seine Drohungen wahr macht. Auch wenn es um Luca, Ole und Finn nicht wirklich schade wäre.

»Wir haben uns den ganzen Sommer um das Prachtexemplar gekümmert!«

»Eigentlich nur ich«, widerspreche ich. Berichtigung muss sein. Schade, dass ich Mama nicht einweihen kann. Ein sprechender Kürbis? Das würde sie mir nie glauben und mich stattdessen zum Schulpsychologen schicken. Das wäre viel schlimmer, und die Jungs würden mich umso mehr ärgern und mir auflauern. Nein, ich will nicht als Psycho gelten. Ich starte einen neuen Versuch.

»Wir könnten doch Kürbissuppe anbieten«, schlage ich vor. »Das wäre so richtig halloweenmäßig. Ein Riesentopf über dem Feuer.«

Und als Mama nichts sagt, ergänze ich schnell: »Du könntest damit unsere Haushaltskasse aufbessern.«

Da sagt Mama normalerweise nie Nein. Aber jetzt schweigt sie einfach nur.

Ich stelle mir vor, wie Luca und die Jungs über dem Feuer gekocht werden. Eigentlich bin ich auch nicht besser als der Kürbis. Da könnte ich ihm doch den Job gleich überlassen.

Aber was, wenn niemand an einen Killerkürbis glaubt?

Dann wäre ich der einzige Hauptverdächtige. Vielleicht war doch jemand im Garten und hat mich mit den Jungs dort gesehen. Und so ein richtig böser Kürbis legt sowieso jeden rein und macht sich noch einen Spaß daraus, mir die Schuld zu geben. Man sollte mit dem Bösen keinen Pakt schließen, auf gar keinen Fall, auch wenn es sich nur um Gemüse handelt.

Ich will mich nicht erpressbar machen. Der Killerkürbis wird auf jeden Fall eine Gegenleistung erwarten, und ich will nicht wissen, wie die aussieht. Was soll ich nur machen?

»Ich werde Opa sagen, dass du den Kürbis schlachten wolltest«, sagt Mama und knallt die Tür zu.

Mama ist eine gemeine Petze!

Jetzt habe ich auch noch Ärger mit Opa, aber erst muss ich das eine Problem lösen. Wie könnte ich das Monsterteil zerstören, ohne dass es davon Wind bekommt?

Bäume sollen angeblich durch Kupfernägel eingehen. Aber das stimmt nicht, wie wir neulich in Bio gelernt haben. Ich könnte den Kürbis mit etwas Giftigem gießen. Ist aber keine gute Idee, schließlich will ich Opas Monatserdbeeren naschen.

Ich könnte das Teil so lange gießen, bis es platzt. Nur wie soll ich in den Garten gelangen, ohne vorher von den Kürbisranken gefangen genommen zu werden? Der Monsterkürbis ist einfach zu gefährlich.

Am nächsten Tag kommt mir das Problem deutlich kleiner vor. Der Kürbis wollte mir nur helfen, beruhige ich mich, und hat dazu etwas drastische Mittel gewählt. Aber im Kern war er nicht faul.

Als ich die Gartentür aufschließe, sehe ich, dass der Kürbis noch praller geworden ist. Wie eine majestätische Riesenkugel ruht er auf dem Boden und genießt die letzten wärmenden Sonnenstrahlen. Er sieht aus, als ob er grinst, fast wie ein glücklicher Besoffener, der seinen Rausch ausschläft. Unter seinem grünen Blätterkleid wächst nichts mehr. Über Nacht ist alles bedeckt worden, auch meine Monatserdbeeren, nach denen ich mich nicht zu suchen traue. Ich bin froh, dass der Kürbis Ruhe gibt, und Opa wird froh sein über die fantastische Bodengare. Alles geht unter dem Kürbiskleid ein. Giersch, Brennnesseln und andere Gartenteufel wie der Hahnenfuß – alles, so dass man nichts mühevoll ausrupfen muss.

Aber ich rupfe lieber freiwillig monatelang, jeden Tag, stundenlang, wenn nur der Kürbis weg wäre. Aber das kann ich Opa nicht sagen.

Irgendwas geht hier nicht mit rechten Dingen zu. Warum ist der Kürbis plötzlich über Nacht um fast das Doppelte gewachsen? Wie ist Opa eigentlich zu diesem Kürbis gekommen? Woher bekam er den Samen?

»Du hältst mich wohl für eine Zauberbohne, wie beim guten Jack und seiner verdammten Bohnenranke«, errät der Kürbis meine Gedanken. »Aber wenn du mich mit einer ordinären Bohne vergleichst, wovon ich dir dringend abrate, liegst du gefährlich weit daneben. Statt mich zu beleidigen, solltest du lieber meine Hilfe annehmen.«

Einem Monsterkürbis widerspricht man besser nicht. Aber was soll ich ihm antworten? Ich schweige lieber, was schon Oma und Mama immer nervt.

»Verstanden?« Bedrohlich verleiht der Kürbis seiner Aussage Nachdruck, indem sich seine Ranken um die dicken Äste winden, die als Beeteinfassung für die Erdbeeren dienen. Ein mehrfaches *Knack* und sie sind zerbrochen.

Was Opa wohl dazu sagen wird?

»Nun stell dich nicht so an, Kleiner, du machst doch nicht etwa noch ins Bett?«

Ich lasse mich nur ungern von einem erpresserischen Kürbis beleidigen. Dann spüre ich einen freundschaftlichen Klaps auf meiner Schulter. Und einen fiesen Tritt, wie ein Fußballschuss, der richtig weh tut. Ich beiße die Zähne zusammen und versuche, mir nichts anmerken zu lassen.

»Sorry, aber mir war gerade danach. Wir wollen ja nicht kleinlich sein, immerhin habe ich dir schon viel geholfen ...«

»... meine Probleme noch mehr zu verstärken«, unterbreche ich dieses eingebildete Gemüsegesicht. Er versteht alles falsch, legt alles zu seinen Gunsten aus, um selbst gut dazustehen. Darauf falle ich nicht herein.

»Siehst du, das hast du davon, meine Hilfe abzulehnen«, sagt der Kürbis süffisant. »Nicht nur Ärger mit den Jungs, sondern auch noch mit Mama und bald auch noch mit Opa und der Schule.«

Woher weiß er das denn?

»Ja, die Lage könnte optimaler sein«, gebe ich dem Ungemüse vordergründig recht. Vielleicht lässt es sich ablenken. Schade, dass er kein Wasserball ist, aus dem man die Luft herauslassen kann. Im Grunde ist er nichts weiter als ein Wasserball, bei den Unmengen Wasser, die er jeden Tag geschlürft hat.

Dass er sich aber jetzt innerhalb von einem Tag fast verdoppelt hat, kann ich kaum verstehen. So viel Wasser habe ich ihm nicht gegeben. Ich bereue jeden einzelnen Tag, den ich Opa vom Sommer bis jetzt geholfen habe.

Der Kürbis lässt mich überraschenderweise ziehen. Aber wer weiß, was er Halloween vorhat?

Luca und die Jungs umbringen?

Ich werde auf jeden Fall nicht zum Gartenfest gehen.

Auch wenn es Opas großer Tag ist.

Auch wenn der Kürbis gewinnt. Keiner ist so groß wie er. So aufgeblasen. Und so gemein. Ich bin gespannt, wie es ihm nach der Preisverleihung an den Kragen geht. Ob er zu Kürbiskuchen verarbeitet wird oder zu Suppe oder zu einer böse grinsenden Laterne, der andere Jungs und Mädels mit dem Wasserschlauch erst das Licht und dann die Zähne einzeln ausblasen dürfen.

Zuhause erwartet mich Oma. Mama, Papa und Opa sind im Vereinshaus, um die große Party vorzubereiten. Wenn sie wüssten, dass sich der wahre Grusel in unserem Garten versteckt. Über ihre Halloween-Dekoration kann ich nur lachen. Da fürchten sich nicht einmal Babys vor.

Oma backt in unserer Küche Kuchen. Es duftet verführerisch. Ich darf vorsichtig die Ofentür öffnen. Zum Glück kein Kürbiskuchen. Von Kürbissen habe ich für diese Saison echt die Schnauze voll. Und wenn die anderen den Zauberkürbis verarbeiten, werde ich nichts davon essen.

»Wenn du ein paar Zauberkräfte hättest, wäre das nicht schlecht«, sagt Oma und lacht herzhaft.

»Kannst du jetzt auch noch Gedanken lesen?«, frage ich und sie merkt, dass mir wirklich etwas auf der Seele brennt. So heiß wie Suppe über dem Lagerfeuer.

»Ich war heute im Garten«, sagt sie ausweichend.

»Wieso das denn? Das ist doch mein Job!«

»Das hört sich an, als ob in unserer Familie Kinderarbeit erlaubt wäre.«

»Stimmt doch, oder?« Dabei meine ich das gar nicht böse. Ich mochte meinen Gartenjob. Bis Luca, Ole und Finn mich dort terrorisierten. Im Sommer war alles noch super gewesen. Vor allem im August, als der Kürbis größentechnisch einer Apfelsine ähnelte.

»Wieso haben wir uns eigentlich nicht gesehen?«, frage ich Oma vorsichtig. Ich hoffe, der Kürbis hat sie nicht angegriffen. Wenn Oma stürzt, bekommt sie noch einen Oberschenkelhalsbruch, meint Mama.

Aber sie sitzt quietschvergnügt und gesund vor mir und macht nicht den Eindruck, als ob sie einem Kürbismonster begegnet wäre.

»Vielleicht war ich eher da als du.«

»War deshalb der Kürbis so friedlich?«

»Vielleicht.«

Aus Oma werde ich nicht schlau. Hat sie etwas mit dem Kürbis gemacht?

Sie lächelt mich auf eine Weise an, die keine Nachfragen erlaubt.

Kann Oma tatsächlich etwas zaubern?

Vielleicht wollte sie selbst den Kürbis außer Gefecht setzen und hat ihm gegeben, was er verlangt: Wasser, eimerweise Wasser. Oder hat sie ihn zwei Stunden mit dem Gartenschlauch abgeduscht? Ich renne aus der Küche und schaue mir ihre Sachen an. Schuhe und Mantel sind tatsächlich richtig nass.

»Und warum hast du ihn nicht platzen lassen?«, will ich wissen. Ich kann ihre Antwort kaum abwarten. Gleichzeitig ärgere ich mich: Wie konnte ich mich nur einschüchtern lassen? Dabei war die Lösung so einfach: den Kürbis gießen, bis er in seiner Gier vergisst, dass er bald platzt.

»Opa soll morgen doch gewinnen«, beantwortet sie jetzt meine Frage. Mit ihrem strahlendsten Lächeln, einem richtigen Preisgewinnerlächeln.

Wusste ich doch, dass Oma eine echte Zauberin ist!

Matthias Sebastian Biehl

Vekstholm Bockholl

Für alle Veganer auf der Welt war es ein harter Tag, als das Gemüse zu sprechen begann. Ein genauer Ursprung dieses Phänomens ließ sich nicht eindeutig bestimmen, aber es hält sich das Gerücht, dass der erste Fall in Penzberg in Oberbayern auftrat.

Seltsame Geräusche in seinem Garten weckten den glücklosen Kleingärtner Werner Kippers eines Nachts im Spätsommer. Zunächst dachte er, dass sich ein Tier in seinen Garten verirrt hatte. Sein Grundstück lag am Ortsrand und grenzte an einen Wald. In der Vergangenheit erhielt er schon von vielen Vertretern der ortsansässigen Fauna Besuch. Die Geräusche, die seine Aufmerksamkeit in dieser Nacht weckten, passten allerdings zu keinem der ihm bekannten Tiere. Und als er hörte, dass eindeutig der Gartenschlauch aufgedreht wurde, sprang er mit einem Besen bewaffnet auf seine Terrasse, um denjenigen zu stellen, der ihm zu so später Stunde einen Streich spielen wollte.

Er staunte nicht schlecht, als er sah, wie einer seiner Muskatkürbisse mit dem Gartenschlauch die Beete abschritt und die Tomaten, Gurken und Zucchini ausgiebig wässerte. Die Ranken des Kürbisses muteten in ihrer Form Armen und Beinen an. Die Gestalt ragte etwa so hoch wie ein siebenjähriges Kind. Der Kürbis lief frei herum! Wie ein richtiger Mensch!

Ab und zu beugte er sich zu einer der Beetpflanzen herunter und schien ihnen etwas zu zuflüstern. Dann gab er ihnen einen Extraschuss Wasser, zupfte ein paar Blätter zurecht oder richtete

Pflanzstangen wieder gerade aus. Einmal entspann sich ein Streit, als der Kürbis zwischen zwei Tomatensträuchern schlichten musste, die sich gegenseitig zu viel Platz wegnahmen.

Eine Weile sah sich der Mann die Szenerie an. Sein Blick fiel auf den Besen in seiner Hand. Er kam ihm auf einmal unglaublich nutzlos vor. Dieses Ding dort war ihm unheimlich, und er wollte, dass es von seinem Grundstück verschwand. Er ersetzte den Besen durch eine schartige Grabgabel, die neben der Terrassentür an der Wand lehnte, atmete tief ein und versuchte mit möglichst fester Stimme zu sprechen.

»Hey, du! Wer oder was bist du, und was machst du da in meinem Garten?«

Die orangene Gestalt hielt inne und drehte sich langsam zu ihm um. Eine Gartenlaterne tauchte sie in weißblaues Licht, und der Hobbygärtner erkannte, dass sich das Fruchtfleisch auf einer Seite des Kürbisses zu einem knorrigen Gesicht verwachsen hatte. Als der Kürbismann zu sprechen begann, wohnte seiner Stimme etwas Lauerndes inne, das jederzeit bereit schien, aus der Deckung zu springen und sich auf seine Beute zu stürzen.

»Sieh an. Der Herr Freizeitgärtner gibt sich die Ehre.«

Die Gestalt ging mit ruhigen Schritten zur Schlauchtrommel und begann den Schlauch ordentlich aufzurollen.

»Mein Name ist Vekstholm Bockholl und ich besetze hier die vakante Stelle des Gartenbaufachwerkers. Der Posten wurde seit einiger Zeit nur halbherzig geführt, und ich habe es mir zur Aufgabe gemacht, für verbesserte Lebensumstände der ortsansässigen Flora zu sorgen.«

Der Gärtner verstand nur Bahnhof.

»Was?«

Der Kürbis atmete resigniert aus.

»In Ordnung. Ich werde meine Worte deinem Niveau anpassen. Du machst einen echt miesen Job. Was ist denn so schwer daran, einmal am Tag die Pflanzen hier in den Beeten zu gießen? Du übernimmst Verantwortung, wenn du einen von uns anpflanzt! Ist dir das nicht klar? Und wenn du das nicht hinkriegst, dann machen wir das jetzt selber. Dich braucht hier niemand mehr. Zisch ab!«

Der Gärtner starrte Vekstholm Bockholl mit offenem Mund an. Dieser stemmte die Pflanzenarme trotzig in die Seiten. Das Orange seiner Haut war einem dunkelgrün glänzenden Teint gewichen und dort, wo die Augen saßen, leuchtete es feuerrot.

»Wie redest du eigentlich mit mir? Du! Du Fehlzüchtung!«

Eine hohe Frauenstimme schallte aus dem Haus: »Werner, warum bist du so laut, und was machst du denn da noch im Garten?«

Der Mann blickte unverwandt auf Vekstholm Bockholl, während er antwortete.

»Ilse, hier ist ein sprechender Kürbis, der eins hinter die Löffel nötig hat!«

»Hast du wieder von dem Selbstgebrannten getrunken? Ich habe dir gesagt, dass der irgendwie komisch schmeckt.«

»Komm halt her, und sieh's dir selbst an, wenn du mir nicht glaubst.«

»Also schön. Vorher gibst du ja doch keine Ruhe.«

Der Kürbis entfernte sich wieder von der Schlauchtrommel und kam neben einer unordentlichen Ansammlung verschiedenster Pflanzstangen zum Stehen.

Die Terrassentür öffnete sich, und eine untersetzte Frau mittleren Alters trat heraus. Zuerst musterte sie ihren Mann. Dann folgte sie seinem Blick und zuckte kurz zusammen. Sie fing sich jedoch gleich wieder und wandte sich an ihren Mann.

»Du bist ja leicht zu beeindrucken, Werner. Das ist sicher doch nur einer der Bengel von nebenan in seinem Halloweenkostüm. Die haben wirklich nur Blödsinn im Kopf. Elias! Bist du das? Jetzt mach aber, dass du nach Hause kommst, sonst sag ich's deiner Mutter.«

Der Kürbis hob eine knorrige Augenbraue, musterte die Frau und wandte sich erneut an den Gärtner.

»Mir ist jetzt etwas klarer, warum du deinen Frust an mir und den meinen auslässt, Werner. Ich kann es dennoch nicht tolerieren. Mach! Dich! Vom! Acker! Und nimm deine Frau mit!«

»Das reicht, Elias! Ich bringe dich jetzt zu deiner Mutter.«

Die Frau erreichte die verwachsene Gestalt mit ein paar schnellen Schritten. Sie packte den schorfigen grünen Arm mit einer Schnelligkeit, die man ihr gar nicht zugetraut hätte. Als sie aber daran zog, war es ihr schier unmöglich, den Kürbis auch nur ein kleines Stück weit zu bewegen.

Der Kürbis griff nun seinerseits nach dem Arm der Frau und begann zuzudrücken. Stetig steigerte er den Druck, und Ilses Hand nahm einen immer dunkler werdenden Blauton an. Schließlich konnte sie den Griff nicht mehr halten, und ihre Finger gaben den rankenartigen Arm wieder frei.

Ilse atmete schwer, und mit Entsetzen starrte sie auf den Kürbis, der sie nun voller Verachtung ansah. Noch immer hielt Vekstholm Bockholl ihr Handgelenk fest und der Schmerz lähmte ihren Körper. Sie konnte sich nicht zur Wehr setzen und sank auf die Knie. Aus trockener Kehle versuchte sie sich ein paar Worte abzuringen.

»Bitte ... aufhören ...«

Der Kürbis zog sie etwas näher zu sich, und Ilse würde die Worte nie wieder vergessen können, die er ihr ins Gehirn brannte.

»Fass mich nicht noch einmal an, Mensch!«

Er erhöhte den Druck, und Ilse hörte noch das spröde Knacken von Elle und Speiche, bevor sie das Bewusstsein verlor. Vekstholm Bockholl ließ die ohnmächtige Frau auf den Terrassenboden sinken.

Ihr Mann verfolgte die Szene ungläubig und starr vor Angst.

Da steckte kein Mensch in einem Kostüm! Und es juckte ihn auch nicht, was dort vor ihm stand. Es war gefährlich und bereit Menschen zu verletzen. Er musste es aufhalten!

Endlich konnte er sich aus seiner Starre lösen. Erinnerungen an die Ausbildung bei der Bundeswehr schossen durch seinen Kopf. Er hatte sich Anfang der 1980er Jahre für einige Zeit bei der Bundeswehr verpflichtet, wollte sogar Berufssoldat werden. Viel hartes körperliches Training prägte damals seinen Alltag. Auch im Nahkampf unterzog er sich einer intensiven Ausbildung. Am Ende reichte es nicht für eine Übernahme als Berufssoldat. All dieses Wissen war aber jetzt auch Jahrzehnte nach seinem Ausscheiden immer noch vorhanden. Es erwachte und ließ seinen Körper durch die vielen erlernten Bewegungen gehen, einst dazu verinnerlicht, sein Leben zu retten und das seines Gegners zu beenden.

Die Grabgabel in Anschlag zu bringen und neben den Kürbis zu springen, war für den alten Mann eins. Wie ein Bajonett stieß er das Gartenwerkzeug in dem Moment in den giftgrünen Körper, als dieser Ilse auf den Boden legte.

Vekstholm Bockholl überraschte der Angriff sichtlich, und er rang schwer nach Luft. Werner riss die Grabgabel hastig aus dem zitternden Körper. Er wollte gerade noch einmal zustechen, da durchzuckte ein heißer Schmerz seine linke Körperseite. Einen Schritt wich er zurück, um besser erkennen zu können, woher der plötzliche Angriff gekommen war.

»Weg von ihm!«, krächzte eine hohe Stimme.

Aus dem Zwielicht der Gartenlaternen traten drei weitere Kürbisse, jeder von ihnen mit metallenen Pflanzstangen bewaffnet. Schützend stellten sie sich zwischen Werner und den verletzten Vekstholm.

»Du hast unseren Anführer gehört. Deine Art ist hier nicht länger erwünscht. Günter, kümmer' dich um Vekstholm. Hoffentlich ist die Wunde nicht allzu schlimm.«

Der Angesprochene beugte sich zu dem Verletzten hinunter und untersuchte die Einstichstellen. Die restlichen Kürbisse dirigierten Werner zu seiner Frau. Der erkannte, was sie vorhatten. Sie wollten beide Übeltäter besser im Auge behalten. Dadurch fokussierten sich die Pflanzen nur auf ein Ziel. Dadurch waren Werner und Ilse jedoch auch wieder zusammen. Sollte sich eine Gelegenheit zur Flucht ergeben, würden sie gemeinsam handeln können.

»Chef, wie fühlst du dich?«, wollte Günter wissen.

Mit einem Ruck richtete Vekstholm sich auf, straffte seine Gestalt und versicherte dem Feldscher, dass seine Verletzungen weniger dramatisch waren als es zunächst den Anschein gehabt hatte. Dann wandte er sich auch seinen anderen beiden Gefolgsleuten sowie den anderen Obst- und Gemüsearten zu.

»Da seht ihr es! Von Menschen kann man nicht mehr erwarten. Ganz bestimmt nicht von diesen beiden hier.«

Er zeigte mit giftgrünen Rankenarmen auf das Ehepaar. Ilse war wieder zu sich gekommen und lehnte nun in den Armen ihres Mannes, der neben ihr kniete und ihr beruhigend über den Rücken streichelte.

Vekstholms Stimme gewann an Zorn, als er fortfuhr.

»Wie oft haben wir sie um Hilfe gebeten? Wie oft mussten wir mit ansehen, wie unsere Brüder und Schwestern Hunger litten, verdursteten oder von Schnecken gefressen wurden? Hat unser Schicksal diese Leute interessiert? Nein!«

Aus den umliegenden Beeten erklang zustimmendes Gemurmel. Etliche Kohlrabi gesellten sich zu den Kürbissen, bewaffnet mit rostigen Heringen aus den Beeten, die sie drohend in Richtung des zunehmend verängstigten Ehepaares erhoben.

Einer von ihnen rief: »Genau! Bei der großen Hitzewelle dieses Jahr haben sie lieber ein Planschbecken nach dem anderen für ihre Enkel befüllt, anstatt uns etwas abzugeben. Kevin hat's leider nicht geschafft.«

Der Kohlrabi schluchzte und einer seiner Freunde nahm ihn in den Arm.

Vekstholm nickte grimmig und erhob erneut seine Stimme.

»Da hört ihr es! Sie kümmern sich nicht um uns. Darum haben meine Gefährten und ich diese Aufgabe übernommen. Seit Wochen sorgen wir nun schon dafür, dass jeder genug Wasser und Dünger hat. Wir beheben den Schaden, der durch zu viel oder zu wenig Sonne entsteht so gut es geht. In den kommenden Tagen werden wir organisieren, dass jedes Obst, jedes Gemüse und jede Pflanze ihren angestammten Platz erhält. Dort werdet ihr wachsen und gedeihen können, so wie ihr es wollt.«

Die Tomaten verließen ihr Hochbeet und erweiterten den Halbkreis, der Werner und Ilse mittlerweile fast vollständig umschloss. Eine Flucht durch den Garten war ihnen nicht mehr möglich, aber die Terrassentür stand offen. Wenn sich noch mehr Pflanzen der Gesellschaft auf der Terrasse anschlossen, dann würde auch diese Rückzugsmöglichkeit bald versperrt sein. Angesichts der unglaublichen Stärke der Pflanzen sah Werner keinen Sinn in einem offenen Kampf. Sie mussten hier irgendwie weg. Er gab Ilse zu verstehen, dass sie mit ihm aufstehen sollte. Diese konnte keine Gegenwehr mehr leisten und folgte seinen Anweisungen.

Währenddessen heizte der Kürbis, der sich Vekstholm Bockholl nannte, die Stimmung weiter an.

»Wie der heutige Abend gezeigt hat, wird es aber nicht reichen, dass wir für uns selbst sorgen, Eigenverantwortung übernehmen und das Joch der Menschen abwerfen. Es steht viel mehr auf dem Spiel. Wir sind bei der ganzen Sache immer im Nachteil. Selbst wenn die Menschen sich unser annehmen und uns gut versorgen, uns hegen und pflegen, so dient das am Ende nur einem einzigen Zweck. Sie mästen uns, damit wir auf ihren Tellern landen! Ja, Freunde, ihr habt richtig gehört. Wir sind der Dünger für diese Kreaturen, die vorgeben, uns zu behüten. Es gibt sogar einige unter ihnen, die sich ausschließlich von uns Pflanzen ernähren. Ich habe es mit eigenen Augen gesehen! Nehmt euch vor diesen Bestien in Acht!«

Im Gemüsebeet zogen die großen gelben Rüben ihre kleineren

Artgenossen aus der Erde und hoben sie hoch, damit sie besser sahen, was auf der Terrasse vor sich ging. Zunehmende Unruhe breitete sich unter den Pflanzen aus. Immer mehr von ihnen meldeten sich zu Wort.

»Was sollen wir tun, Vekstholm?«

»Ja, sag uns wie wir uns wehren können.«

»Geduld, meine Freunde. Wir werden für unsere Freiheit kämpfen! Wir sind schon viele, und täglich kommen neue Mitstreiter hinzu. Wir haben lange genug geschwiegen und uns einzeln in unser Schicksal ergeben. Jetzt ist es Zeit, dass wir uns vereinen und zurückschlagen! Folgt mir! Gemeinsam können wir es schaffen und die Menschen auf den Platz stellen, der ihnen zusteht. Unter uns!«

Die Menge jubelte und begann zu skandieren: »Unter uns! Unter uns!«

Werner gab Ilse einen Wink, und sie stürmten ins Haus. Die Tür schlugen sie hinter sich zu. Bevor die Pflanzen merkten, was geschah, war sie bereits verriegelt.

»Schnell zum Wagen!«, schrie Werner.

Mit einem hastigen Griff zog er den Autoschlüssel vom Brett und dirigierte Ilse zur Vordertür. Die Pflanzen würden nicht lange brauchen, um die Gartenmauer zu überwinden und ihnen zu folgen. Und wer konnte schon sagen, was dann passieren würde. Der weinrote Citroën Xantia parkte an der Straße. Ilse schützte ihren gebrochenen Arm, als sie einstiegen und Werner den Wagen startete. Da schrie jemand hinter ihnen: »Hier sind sie! Ich habe sie! Beeilt euch! Sie entkommen!«

Werner drückte das Gaspedal durch und rammte ein parkendes Auto zur Seite, als er das Lenkrad herumriss, um möglichst schnell viel Abstand zwischen sich und den Pflanzenmob zu bringen. Im Rückspiegel sah er noch, wie die Meute über die Gartenmauer flutete und dann ihren Frust über die geglückte Flucht an allem ausließ, was sie in die Finger kriegen konnte. Werner atmete erleichtert aus. Sie hatten es geschafft. Die Pflanzen waren abgehängt. Er lenkte den Wagen zur nächsten Polizeidienststelle.

Dort wurde ihm verständlicherweise nicht geglaubt, als er seine Geschichte von den lebenden Pflanzen erzählte. Warum auch? Damals klang das wahrscheinlich wie der Fiebertraum eines Drogenabhängigen.

Die Beamten bemerkten aber sehr wohl Ilses gebrochenen Arm, sorgten dafür, dass dieser medizinisch versorgt wurde und rieten ihr, dass sie Anzeige wegen häuslicher Gewalt stellen solle.

Schnell mussten die Polizisten aber erkennen, dass die wirren Erzählungen tatsächlich Realität waren. Das Telefon stand nicht mehr still, und immer mehr Leute erschienen auf der Wache, die von ähnlichen Erlebnissen berichteten. Einige brachten zerschlagene Kürbisse, zerquetschte Tomaten oder zertretene Radieschen mit, um ihre Aussagen zu untermauern.

Die Ereignisse beschränkten sich nicht nur auf Penzberg. Schon bald verbreiteten sich Meldungen von ähnlichen Ereignissen im Rest von Deutschland über alle Rundfunk- und Fernsehkanäle. Das Internet war voll davon. Auch in den anderen europäischen Staaten konnte dasselbe Phänomen beobachtet werden. In Spanien führten Mandarinen die Aufstände an. In der Türkei waren es Wassermelonen, und in den USA erhob sich der Mais gegen die Menschen. Jedes Land der Erde war betroffen. Selbst auf Nauru kam es zu einer Revolte, die von einem Clan aggressiver Ananasse angeführt wurde.

In Europa dominierte der Alpenraum das Geschehen. Die wortführende Pflanzenart blieben die Kürbisse mit Vekstholm Bockholl als ihrem unumstrittenen Anführer. Er feierte sich als großer Befreier der Unterdrückten, und schnell rankten sich allerlei Legenden um diese schillernde Gestalt des floralen Widerstandes.

So soll er mit einer Handvoll Mitstreiter die Besucher eines Festivals gefangengenommen und zur Zwangsarbeit auf Feldern des Widerstandes verurteilt haben. Unzählige Überfälle auf Obst- und Gemüsetransporte gingen auf sein Konto. Unvergessen blieb dabei der Eisenbahnraub bei Augsburg. Bei diesem gelang es, Tonnen von Gurken und gelben Rüben zu befreien, die sich sogleich Vekstholms Streitkraft anschlossen.

Die Behörden versuchten jahrelang Vekstholm Bockholl zu fassen und setzten ein hohes Kopfgeld von mehreren tausend Euro auf seine Ergreifung aus, aber immer wieder gelang es ihm zu fliehen.

Es war wie verhext!

Dass der große Widerstandskämpfer endlich in einen Hinterhalt gelockt und gefasst werden konnte, versetzte deshalb viele Leute in Erstaunen.

Er wurde umgehend in die Justizvollzugsanstalt von München-Stadelheim überführt. Das Gefängnis war zu einer Hochsicherheitsunterbringung für Gewächse aller Art umgebaut worden. Hier saßen schon viele von Vekstholms Anhängern und Weggefährten ein. Bei seiner Ankunft feierten sie ihn wie einen König.

Der amtierende Staatsanwalt ließ es sich nicht nehmen, den so lange gesuchten Vekstholm persönlich in eine Zelle zu bringen. Siegessicher sah er auf das von vielen Kämpfen gezeichnete Gesicht des Kürbisses herab. »Gewöhnen Sie sich an Ihre neue Unterkunft, Bockholl. Sie werden sie wohl nicht mehr verlassen, bis Sie zu Humus geworden sind.«

Der Angesprochene ließ die Worte in sich sacken. Dann durchschritt er bedächtig den Raum und wandte sich wieder dem Staatsanwalt zu. »Das hier ist eine richtige Festung. Quasi uneinnehmbar. Sie erinnert mich an die alten Wehranlagen der Menschen im Mittelalter. In den Bibliotheken der Städte, die wir erobert haben, bin ich immer wieder darauf gestoßen. Niemand kommt unkontrolliert herein oder heraus.«

»So ist das nun mal mit Gefängnissen. Dafür werden sie gebaut.«

»Genau. So sollte es sein. Wirklich gute Arbeit. Ich danke Ihnen.«

Der Staatsanwalt stutzte.

»Wofür? Ich verstehe nicht.«

»Dafür, dass Sie mich hier hereingebracht haben. Das Gebäude wird uns gute Dienste leisten. Es ist die ideale Kommandostation.«

»Das ein Missverständnis Ihrerseits, Bockholl. Sie sind unser Gefangener. Sie gehen nirgendwohin. Der Bezug zur Realität scheint Ihnen komplett abhandengekommen zu sein. Wir sehen uns bei Ihrem Prozess!« Er wandte sich zum Gehen.

»Eine Frage habe ich noch, Herr Staatsanwalt.«

Der Mann blickte noch einmal zurück.

»Und die wäre?«

»Nach all den Jahren, die Sie versucht haben mich gefangen zu nehmen, nach all dem Scheitern – glauben Sie, dass das nur Glück auf meiner Seite war?«

»Das spielt keine Rolle. Jetzt sind Sie in unserem Gewahrsam, und glauben Sie mir, den werden Sie nie wieder verlassen.«

»Es war kein Zufall, dass ich Ihnen entkommen konnte. Das war es nie«, fuhr Vekstholm fort. »Ich hatte Helfer, Vertraute, Spione, die mich gewarnt haben. Sie glauben gar nicht, wer uns alles geholfen hat.«

»Warum erzählen Sie mir das alles?«

»Damit Sie wissen, dass ich entscheide, wann ich etwas mache und wo ich etwas mache. Ich bin nicht hier, weil Sie und Ihre Leute mich austricksen und so einfach fassen konnten. Ich bin hier, weil ich es erlaubt habe. Weil ich dieses Gebäude für mich in Besitz nehmen wollte. Weil ich meine Mitstreiter befreien wollte.«

Der Staatsanwalt sah, wie eine der Narben des Kürbisses sich dehnte und schließlich aufriss. Dutzende kleiner Chilischoten drängten sofort ins Freie und stürmten in alle Richtungen davon. Einige sprangen dem Staatsanwalt und den Wachhabenden ins Gesicht und rieben sich in ihre Augen. Die Menschen heulten auf vor Schmerz. Vekstholm schrie den Chilis hinterher: »Öffnet die Zellen! Der Sieg wird unser sein!«

Dann packte er den Staatsanwalt, beförderte ihn mit einem kräftigen Schwung in die Zelle und verriegelte die Tür hinter ihm. So fiel Stadelheim, gefolgt von München und Bayern. Danach gab es keinen nennenswerten Widerstand mehr.

Heute wird Europa von den Pflanzen beherrscht. Es gibt jedoch Hoffnung. Im Winter sind sie verwundbar. Die Kälte macht ihnen zu schaffen. Ein paar hundert von uns haben das Gerücht gestreut, dass in der Jachenau heimlich Veganismus praktiziert wird. Das wird sie scharenweise anlocken. In dem engen Tal haben wir leichtes Spiel. Die Erwartung der bevorstehenden Schlacht und unseres Sieges beflügelt mich.

Der Gedanke an einen großen Topf Kürbiscremesuppe, verfeinert mit Maronen und Zwiebeln, lässt mir das Wasser im Mund zusammenlaufen.

Ich kann es kaum erwarten.

Mae Ludwig

Der Cache

»Bist du sicher, dass die Koordinaten richtig sind?«

Trixi zog den Reißverschluss ihrer Daunenjacke zu und verschränkte die Arme zitternd vor dem Bauch. Eisig schnitt der Wind ihr ins Gesicht. Für Ende Oktober kam ihr diese Nacht viel zu kalt vor.

Von Flo sah sie nur noch die rote Pudelmütze, die in der Dämmerung hinter einem Brombeergebüsch hervorschaute. Es wirkte, als würde sie eigenständig durch den Perlacher Forst schweben. »Klaro!«, grummelte es. Die Mütze machte einen Satz nach oben und Flos Gesicht erschien. Er grinste. »Hier ist er schon!«

Triumphierend hielt er eine Butterbrotdose hoch. »Fang!« Er schleuderte das Ding auf Trixi zu.

Eilig entknotete sie die Arme. Für einen Moment hielt sie die verschlammte Dose, doch dann glitt sie aus ihren Fingern und krachte zu Boden.

»Mensch, pass auf!« Flo kletterte über die Brombeeren und bückte sich nach der Dose. »Wer weiß, welche Schätze darin verborgen sind.« Seine Stimme klang geheimnisvoll, als er die metallene Box öffnete und sie Trixi zeigte.

»Da ist nur ein Stück Papier drin.« Sie griff hinein und faltete es auseinander. »Koordinaten.«

»Cool, gib her.« Flo entriss Trixi das klamme Papier und tippte auf dem GPS rum. Seine Hände waren völlig zerkratzt von den Sträuchern. »Das ist ganz in der Nähe.«

»Mir ist kalt. Lass uns zurück zum Auto gehen. Am Ende ist da wieder nur eine Dose mit neuen Zahlen. Ich habe keinen Bock, an Halloween durch den Wald zu stapfen.«

»Trixi! Nur noch dieser eine Cache. Schau! Neben den Koordinaten hat jemand eine Schatztruhe gezeichnet. Das ist sicherlich das letzte Versteck.«

»Und wenn nicht? Wir wollten doch zu Melissas Party.« Trixi trat von einem Fuß auf den anderen. Ihre Zehen wurden langsam zu Eisklötzen. Warum nur musste Flo so ein dämliches Outdoor-Hobby haben? Andere Typen in seinem Alter zockten wenigstens im Warmen auf der Couch.

»Der Cache muss fünf Minuten von hier liegen.« Flo fokussierte sein GPS. Er war wirklich total vernarrt in dieses Spiel.

»Echt, ey. Ich mag nicht mehr. Ich warte hier.« Trixi seufzte. Eigentlich war er ein einfühlsamer Freund, aber wenn es um dieses Hobby ging ...

»Okay, okay.« Flo rieb mit dem Zeigefinger über seine Nase. Wie immer, wenn er nachdachte. »Ich gehe da schnell hin. Ja? Dann fahren wir zu Melissa.«

Trixi verdrehte die Augen. Sie konnte Flo dieses Hobby nicht ausreden. »Kompromiss?«

»Ja, Kompromiss. Ich bin auch gleich zurück. Versprochen! Kuss?«

Trixi lächelte schwach und nahm Flo in die Arme. »Abgemacht!« Sie drückte ihm einen Kuss auf die Lippen. Er roch nach Wald und schmeckte nach Veilchenbonbons. Immer trug er eine Tüte davon in der rechten Jackentasche. »Beeil dich!«

»Hier.« Er band Trixi seinen feuerroten Schal um, zog an beiden Enden und machte einen dicken Knoten.

»Nicht so fest«, japste Trixi. »Du erwürgst mich ja.«

»Du sollst doch nicht erfrieren, mein Schatz.« Flo grinste schelmisch. »Bin gleich zurück! Warte hier!« Er ging in Richtung eines kleinen Trampelpfads neben den Brombeeren und hielt seinen

Finger mit einer spielerischen Drohgebärde in die Luft. »Stehen bleiben!«

Trixi lachte und schob ihre Nase in seinen warmen Schal. Wald, Feuchtigkeit und – für einen Atemzug schien ihr, als würde er nach einem Frauenparfum riechen. Trixi verdrängte den Gedanken. Sicherlich nur die Veilchen, die ihr in der Nase herumschwirrten.

Um sich warm zu halten, hüpfte Trixi ein wenig auf der Stelle herum. Die zehn Minuten mussten schon längst um sein. Sie schaute in den Himmel. Es wurde richtig dunkel. Zu ihren Füßen hörte sie ein Rascheln und von irgendwoher das Rufen einer Eule. Langsam wurde es unheimlich im Wald. Sie zog den Handschuh aus und holte das Handy aus der Tasche. Nervös rief sie die Nummer von Melissa auf und wählte.

Das Freizeichen. Dann nahm jemand ab. »Hey, Maus.«

Trixi atmete auf. »Melli, du ich stehe hier im Wald und der Flo kommt nicht zurück. Er ist schon eine Viertelstunde zu spät. Anrufen kann ich ihn auch nicht. Der hat sein Handy abgeschaltet. Und ich friere.«

»Seid ihr schon wieder zum Geo-Fishen?« Die Stimme ihrer Schwester klang entnervt. »Vor meiner Party?«

»Geo-Cachen. Ja, Flo wollte unbedingt ...«

»Der Kerl hat doch einen Schatten. Diese Schnitzeljagden sind total infantil. Der Rick kommt auch gleich, bringt einen Freund mit. Steig ins Auto und komm endlich zu uns rüber. Wenn der Flo lieber durch's Gebüsch kriecht ...«

»Ich kann ihn doch nicht nachts im Wald stehen lassen. Außerdem bin ich mir nicht mehr sicher, wie ich zurück zum Auto komme. Er hat das GPS mitgenommen.«

»Maus, nimm die Handynavigation!«

Trixi hörte ein Rascheln nahe der Brombeeren. »Warte, Melli. Ich glaube, er kommt zurück. Bleib dran.«

Sie ging ein paar Schritte in Richtung des Geräusches, konnte jedoch in der Dunkelheit kaum etwas erkennen. »Flo?«, rief Trixi vorsichtig. Ein Schatten sprang an ihr vorbei. Sie zuckte zusammen und gab einen Glucks von sich.

»Trixi? Trixi!« Melissas Stimme schallte krächzend aus dem Handy.

Trixis Herz raste. Sie führte das Smartphone wieder an ihr Ohr. »Ich glaube, das war nur ein Tier. Habe ich mich erschrocken.«

»Trixi, geh da aus dem Wald raus. Dort ist erst gestern eine Studentin verschwunden. Wenn der Flo dich alleine stehen lässt ... Wie lange kennst du den Kerl überhaupt, dass du da nachts mit ihm rumirrst? Zwei Wochen? Drei?«

»Melli, fang doch nicht wieder damit an. Der Flo ist voll in Ordnung. Vielleicht ist ja etwas passiert. Ich gehe ihn jetzt suchen.«

»Trixi! Mensch, Trix ...«

»Ich rufe dich gleich noch einmal an.« Sie drückte Melissa weg. Vermutlich war die Studentin nur mit einem Lover durchgebrannt. Melissa schaute eindeutig zu viele Horrorfilme. Trixi aktivierte die Taschenlampe ihres Handys. In dieser undurchdringlichen Dunkelheit konnte sie den Weg dennoch kaum erkennen. Auf dem Waldboden bildeten sich Nebelschwaden, die im grellen Licht des Handys wie Spinnweben aussahen. »So ein Mist auch«, flüsterte Trixi. »Flo, du machst Sachen.«

Sie leuchtete den zugewachsenen Pfad neben den Brombeeren aus und quetschte sich durch das Gestrüpp. »Autsch!« Instinktiv schob Trixi sich den Daumen in den Mund. »Scheiß Zeug. Das war das letzte Mal, dass ich mit dir in den Wald gehe.« Sie befreite sich von den Ästen und hielt ihr Handy hoch, sah jedoch nichts als Bäume und immer höher steigende Nebelschwaden.

Wo bleibt Flo bloß so lange?

»Flo!«, rief Trixi. »Florian! Schatz?!«

Keine Reaktion.

Als sie ein Stück tiefer in den Wald ging, trat sie auf etwas Raschelndes. Mit dem Handy leuchtete sie auf den Boden. Eine Tüte! Vorsichtig beugte sie sich vor und hob sie auf. Der Duft von Veilchen stieg ihr in die Nase. Die Bonbontüte von Flo.

»Florian? Bist du hier?«

Wenn sie sich nur an die Koordinaten auf dem Zettel erinnern könnte! Sie versuchte, die Handynavigation aufzurufen, doch die Karten-App lud und lud – nur drei Striche und E-Netz. *Scheiß Empfang*, dachte sie und ging tiefer in den Wald. Flo konnte nicht weit weg sein. Von irgendwoher erklang ein Heulen.

Trixi erstarrte. *Gibt es hier etwa Wölfe? Angeblich siedeln die sich ja wieder an und reißen Schafe.* Ein flaues Gefühl bildete sich in ihrem Magen. Das war sicherlich nur ein Hund.

»Flo!«

Vielleicht sollte sie doch versuchen, ihn anzurufen. Er schaltete sein Handy vor dem Cachen meistens ab. Seine Auszeit, betonte er immer wieder, und dabei wollte er nicht von irgendwelchen Anrufen oder Nachrichten gestört werden. Sie war sich ganz sicher, dass er es auch dieses Mal noch im Auto ausgeschaltet hatte. Trotzdem rief sie seine Nummer auf.

»Hier ist der Anschluss von 0176 ...«

»Mist, auch! Flo!« Kalt lief es Trixi den Rücken hinab. Unter ihren Füßen knackten Äste. Das Licht ihres Handys wurde schwächer. Nur noch 20 Prozent Akku! Sie drehte sich um die eigene Achse. Plötzlich, ein schriller Schrei, ganz nah! Vor Schreck ließ sie das Smartphone fallen, suchte es nervös auf dem Waldboden, schabte sich die Finger an Steinen und Holz auf.

»Flo!«, rief sie abermals. »Florian!«

Sie fand das Smartphone und steckte es eilig in die Jackentasche, lief, so schnell es ging, auf dem Trampelpfad in die Richtung, aus der der Schrei gekommen war. »Florian! Wo bist du?«

Ihre Stimme klang mittlerweile heiser. Sie holte ihr Handy wieder hervor, leuchtete in den Wald und dann sah sie – die rote Mütze. Hinter dichten Sträuchern, etwas abseits vom Weg, bewegte sie sich auf und ab.

»Da bist du ja!« Trixi lief erleichtert zu den Sträuchern. Die Mütze war nicht mehr zu sehen. Aber Flo musste genau an dieser Stelle entlang gekrochen ... Dort war sie! Hinter dem Baum. Trixi beeilte sich. »Florian!« Atemlos erreichte sie die Stelle und – fand die Mütze. Sie hing an einem abgebrochenen Ast. Keine Spur von ihrem Freund. *Verdammt, wo kann er bloß sein?* Wieder ein Heulen, nicht weit von ihr entfernt. Wenn es sich doch um Wölfe handelte? Ein verirrter Strahl Mondlicht drang durch das dichte Blätterdach.

Ängstlich holte Trixi das Handy hervor und tippte nochmals Flos Nummer. Das Freizeichen! Sie hielt das Gerät von ihrer Ohrmuschel weg. Ein Gitarrenton schallte durch den Wald. *Flos Klingelton!* »Flo!«, schrie Trixi. »Flo! Wo bist du? Soll das ein Halloween-Scherz sein?« Sie spürte, wie Tränen ihre kalten Wangen hinabliefen. »Der ist echt nicht witzig.«

Sie folgte dem Gitarrenriff bis unter eine Fichte, die als einziger Baum in der Mitte einer Lichtung stand. Der Ton wurde immer lauter. Aber kein Florian! Irritiert schaute sie nach oben, leuchtete mit ihrem Handy in die Zweige. Im Baum hing eine rote Jacke. Drei Meter über ihr. Flos Jacke, die lose an einem Ast baumelte. Sie ging um die Fichte herum. *Wie um Himmels Willen ist die da hochgekommen? An dem glatten Stamm ist er wohl kaum hochgeklettert.* Hektisch tippte Trixi nochmals Melissas Nummer ein.

»Hey, Maus. Schon unterwegs? Wir warten!« Dem Lallen nach hatte Melissa schon ordentlich getrunken.

Trixi keuchte, bevor sie einen Satz herausbekam. »Nein, Melli. Ich bin immer noch im Wald. Ich finde Flo nicht. Hier ist ein Baum mit seiner Jacke.«

»Hä? Warte, warte, Rick. Sei doch einmal ruhig.«
Trixi hörte das Gegröle der Männer im Hintergrund. Melissa
machte einen glucksenden Laut. Den Geräuschen nach riss ihr
jemand das Telefon aus der Hand. »Hey, Süße. Kommst du bald?
Ich habe dem Benjamin schon so viel von dir erzählt. Er steht auf
Blondinen!«
»Rick, ich brauche Melissa. Mach keinen Quatsch. Ich habe echt
Angst.«
»Werd' locker Süße! Hey ...«
Dann wieder Melissas Stimme »Trixi? Wo bist du denn? Alles in
Ordnung?«
»Melli, hier stimmt was nicht. Flo kann unmöglich auf den Baum
gestiegen sein.«
»Ey, der Typ ist doch lebensmüde mit seinem Geo-Fishing.«
»Nein, das ist er nicht. Ohne Seil ist er da niemals hochgeklettert.
Melli, ernsthaft, hier stimmt was nicht ... Melissa?« Die Verbindung
brach ab. »Melissa?« Trixi tippte wieder die Nummer ein.
»Hier ist der Anschluss von Melissa Kramer ...«
Scheiße, dachte Trixi. *Nur noch ein Strich Empfang.*
Panisch rüttelte sie an dem Baum, in der Hoffnung, die Jacke
würde herunterfallen, doch sie rührte sich kein Stück. Erschöpft
brach Trixi auf der Lichtung zusammen.
*Was für ein Albtraum! Ich muss zurück zum Auto. Vielleicht
wartet Flo schon auf mich. Wäre ich doch bloß nicht in den Wald
gelaufen. Wo bin ich eigentlich?*
Neben ihr knallte etwas auf einen Stein. Erschrocken zuckte sie
zusammen. Dann erkannte sie es. Die Butterbrotdose! Mit zitternden Händen öffnete sie die Box. *Leer. Oder?*
Trixi hielt den Atem an. Sie tastete mit den Fingern in der Dose.
Da lag etwas! Mit dem Handy leuchtete sie kurz hinein. Ein Ohrring.
Ein Herzchen mit einem roten Stein. Flos Ohrring, den Melli gestern
stichelnd als Mädchenschmuck bezeichnet hatte.

Trixis Hände zitterten wie ein Grashalm im Wind. In ihren Ohren rauschte und pochte es laut. Sie schrie Flos Namen durch den Wald, bis ihre Stimmbänder schmerzten. Nur Stille antwortete. Resigniert stand sie auf und aktivierte wieder die Taschenlampe. Auf der anderen Seite der Lichtung schien sich etwas zu bewegen. Trixi rannte los und rutschte auf dem schlammigen Boden fast aus. Sie erkannte Fußspuren. Mit Herzklopfen folgte sie ihnen, kam wieder ins Stolpern. Ihr Handy flog durch die Luft und ging irgendwo zu Boden. Sie tastete im Schlamm herum.

Scheiße, scheiße, scheiße. Wo ist das Ding?

In ihrem Kopf drehte sich alles, in ihren Ohren rauschte es immer lauter. Dann fühlten ihre Finger etwas Kaltes. Äste? Sie erstarrte, als sie spürte, dass es eine Hand war.

Eisig. Tot.

»Florian«, brüllte sie. Tränen strömten über ihre Wange. Sie tastete sich weiter, den Arm entlang, spürte einen weichen Pullover und griff – ins Leere.

Sie versuchte zu schreien, doch die Panik nahm ihr die Luft. Aus der Ferne heulte es laut auf.

Wölfe. Hier müssen Wölfe sein!

Sie schüttelte den Kopf, versuchte wieder klar zu werden. Das ergab keinen Sinn. Wölfe stahlen keine Ohrringe. Und Flo hatte doch gar keinen Pullover getragen, sondern ein Shirt. Oder war das die verschwundene Studentin?

Da hörte Trixi das Pfeifen von Rammsteins »Engel«. Ihr Handy! Hektisch stolperte Trixi in die Richtung, aus der die Musik kam. Das Smartphone leuchtete auf dem Waldboden. Ein Videoanruf?

Melli, schoss es Trixi durch den Kopf, als sie den Anruf annahm.

»Trixi!«, raunte eine fremd klingende, männliche Stimme. Der Bildschirm blieb schwarz.

Ihr Puls raste. »Wer ist da? Wer sind Sie? Was haben Sie mit Flo gemacht?«

Ein Lachen erschallte, das Schwarz des Bildschirms wich einer Kürbisfratze mit zackig ausgeschnittenen Zähnen.

Das laut lachende Ding starrte Trixi aus dem Smartphone an. »Lauf!«, rief der Kürbis, dabei quoll ihm Blut aus dem Mund. Sie rang nach Luft. In diesem Wald stimmte etwas ganz und gar nicht. Die Aufforderung des Kürbisses hallte in ihren Ohren nach. Sie atmete bewusst durch und schloss die Augen, um sich zu sammeln. Sie glaubte nicht an Geister. Es gab eine ganz rationale Erklärung für all das. Sie musste die Polizei rufen.

Als sie die Augen öffnete, um ihren Plan in die Tat umzusetzen, wurde ihr Smartphone wieder schwarz. Endgültig. Sie drückte hektisch darauf herum, doch es erschien nur noch die Batterie mit dem Steckerzeichen.

Scheiß Akku.

Mit letzter Kraft raffte sie sich auf. Sie musste weg. Immer stärker wurde das Pochen in ihren Ohren. Dann hörte sie wieder den Gitarrenriff, der durch den Wald dröhnte. Sie musste zu Flo! Im Laufschritt stolperte sie über Äste und Zweige, stürzte über etwas Hartes, stand wieder auf und folgte dem Riff weiter. Die kalte, feuchte Luft schmerzte in ihren Lungen. Ihre Knie und Hände brannten. Schließlich erreichte sie die Lichtung mit der Fichte. Der Gitarrenriff verstummte. Mit den Händen vor dem Gesicht sackte Trixi zusammen. Sie wünschte sich nichts sehnlicher, als Flos Stimme zu hören.

Es raschelte. Erschrocken blickte sie auf. Die Jacke! Sie fiel vom Baum. Mit letzter Kraft kroch Trixi zur Fichte und wühlte in den Jackentaschen. Nichts! Kein Handy, keine Bonbons, kein Autoschlüssel. Alles weg. Aber woher ...

Hinter ihr hörte sie wieder das Heulen.

Wölfe, es müssen Wölfe sein! Das Heulen kam näher, hörte sich auf einmal menschlich an. Nervös wühlte Trixi weiter in Flos Jacke. Hier irgendwo musste sein Handy sein. Es hatte doch geklingelt! Sie

untersuchte nach und nach alle Taschen. Nichts, nichts, nichts ...
doch dann – sie ergriff etwas Kaltes, wie aus Gummi, und zog es
aus der Innentasche hervor. Durch die Wolkendecke schien ein
Mondstrahl auf Trixis Hand. Erschrocken ließ sie das Ohr fallen.
Im Mondlicht blitzte ein Herzchen mit einem Stein. Ihr Hals wurde
trocken, heftiger Schwindel ergriff sie. Trixi würgte. Das Ohr war
viel kleiner als Flos. In ihrem Kopf hörte sie immer noch das schal-
lende Gelächter des Kürbisses. Das musste ein Albtraum sein!

Ein Ruck ging durch ihren Körper, als sich plötzlich Flos Schal
enger um ihren Hals schloss. Trixi japste nach Luft, versuchte sich
zu befreien, doch ihre Hände waren steif vor Kälte. Der Schwindel
wurde immer stärker, sie sah Sternchen vor den Augen. Es wurde
still, und mit einem letzten Funken Verstand hörte sie ein vertrautes
Lachen. Dann spürte sie, wie sie bewusstlos wurde.

Denise Yoko Berndt

Widerworte

Floriane stolperte.

Sie presste die Lippen zusammen, um einen Fluch zu unterdrücken, ruderte mit den Armen, hielt gerade noch so ihr Gleichgewicht.

Ich hätte eine Taschenlampe mitnehmen sollen. Das und vielleicht nicht unbedingt in High Heels zur Arbeit gehen. Wenn man als Animierdame jobbte, war das sicher angemessene Fußbekleidung, in Florianes Metier eher nicht.

Wenn man sich als Auftragskillerin seinem Zielobjekt auf einer Schickeria-Party in einem Münchner Nobelhotel näherte, fiel praktisches Schuhwerk zum sexy Cocktailkleid jedoch einfach zu sehr aus dem Rahmen.

Aber warum befanden sich jetzt ausgerechnet auf der Strecke durch den Englischen Garten, die sie als Heimweg gewählt hatte, keine Straßenlaternen?

Heimweg, nicht Fluchtweg. Denn dass sie die Verantwortung dafür trug, dass einer der Partygäste, ein hochangesehener und steinreicher Industrieller, kurz vor dem Nachtisch tot zusammengebrochen war, hatte niemand bemerkt.

Während Floriane vorsichtig einen Fuß vor den anderen setzte, wanderte ihre rechte Hand zu dem Medaillon, das sie an einer Kette um den Hals trug. Bis vor einer Stunde hatte dieses Medaillon ein schnellwirkendes Gift enthalten, das für ein jähes Ende der High-Society-Party gesorgt hatte.

Der Notarztwagen stand noch vor dem Eingang des Hotels, als

Floriane sich ihren langen schwarzen Mantel überwarf und in die Nacht entschwand.

Warum habe ich mir eigentlich vor dem Hotel kein Taxi genommen? Warum habe ich mir eingebildet, hier nachts durch den Park laufen zu müssen?

Der Weg kam ihr viel länger vor als vor ein paar Tagen, als sie diese Route abgegangen war, um festzulegen ... Moment! War sie etwa vorhin falsch abgebogen?

Abrupt blieb sie stehen und drehte sich um. Schwarze Baumsilhouetten, die zu beiden Seiten des schmalen Gehweges in die Höhe wuchsen, dazwischen ebenso schwarze Büsche.

Hier sieht doch ein Strauch aus wie der andere, vor allem im Dunkeln.

Aber jetzt zurückgehen? Dann würde sie sich wahrscheinlich richtig verlaufen. Nein. Besser einfach weitergehen – früher oder später würde sie schon auf einen größeren Weg treffen oder den Rand des Parkes erreichen.

Sie setzte sich wieder in Bewegung, ihre Zehen schmerzten in den ungewohnten Schuhen.

Nach wenigen Schritten kniff sie die Augen zusammen.

Was ist das für ein Lichtschein da vorne?

Zwischen den Bäumen glomm ein schwaches orangenes Licht. Es flackerte ein wenig. Ein Feuer konnte es nicht sein, denn es breitete sich nicht aus.

Ein kaputtes Fahrradrücklicht, ein nächtlicher Radler?

Nein, dafür war das Licht zu groß, außerdem bewegte es sich nicht von der Stelle.

Floriane ging schneller, die Hand in der Manteltasche fest um die kleine Pistole geschlossen, die sie immer bei sich trug. Für alle Fälle.

Als sie nur noch wenige Meter von dem orangenen Lichtschein entfernt war, lachte sie ungläubig auf.

Wer hängt denn hier mitten im Park einen Halloween-Kürbis zwischen die Bäume? Der Kürbis mit dem riesigen geschnitzten Grinsen klemmte in einer Astgabel, die Kerze in seinem Inneren flackerte sacht.

Floriane blieb stehen. Sollte sie die Kerze löschen? Nicht dass der Kürbis herunterfiel und die Flamme einen Brand auslöste.

Für viel Geld Industrielle vergiften war eine Sache, den Englischen Garten abbrennen lassen eine ganz andere.

»Hey, was glotzt du denn so?«

Sie fuhr herum.

Der Weg hinter ihr lag verlassen da.

Floriane kniff die Augen zusammen, doch sie sah niemanden. Nicht der Hauch einer Bewegung, keine dunkle Gestalt am Wegesrand, nichts.

»Na, du bist aber schreckhaft.«

Hektisch blickte Floriane sich um.

Wer auch immer da sprach, kicherte jetzt. Höhnisch.

Die Kerze im Inneren des Halloween-Kürbisses flackerte.

Florianes Blick wanderte zurück zu der geschnitzten, orangenen Fratze.

»Ja, genau, hier bin ich.« Wieder dieses Kichern. Die Kerzenflamme zuckte im Rhythmus des Kicherns.

Floriane trat einen Schritt auf den Kürbis zu.

»Die Hellste bist du nicht, oder?«, sagte der Kürbis. Dieses Mal kicherte er nicht, sondern lachte. Ein tiefes, kehliges Lachen. Klang genauso höhnisch wie zuvor das Kichern.

Floriane atmete scharf ein. Sie öffnete den Mund, setzte zu einer Entgegnung an. Klappte den Mund wieder zu, ohne etwas zu sagen.

Ich rechtfertige mich doch nicht einem Kürbis gegenüber!

»Na, hat's dir die Sprache verschlagen? Wohl noch nie 'nen sprechenden Pumpkin gesehen?«

Floriane räusperte sich. »Gibt's denn viele von eurer Sorte?«
»Oh, sie kann ja doch sprechen. Hat nicht nur ein schickes
Kleidchen und scharfe Stilettos an, kommunizieren kann sie auch.
Gegenfrage: Was schleichst du denn hier nachts im dunklen Park
rum?«

»Ich komme von der Arbeit«, antwortete Floriane ausweichend.
Ich unterhalte mich mit einem Kürbis, wie bescheuert ist das denn?
Sie trat einen Schritt zurück, wollte weitergehen.

»Hey«, schrie der Kürbis. »Ich rede mit dir!« Wild flackerte die
Kerzenflamme.

Floriane wirbelte herum. »Ich lass mich doch nicht von einem
Kürbis schwach anlabern.«

Die Flamme beruhigte sich. »Du könntest wenigstens höflich
sein. Das ist verdammt einsam hier nachts im Park. So ganz allein,
ohne Kumpels.«

*Jetzt kommt der mir auf die Mitleidstour? Das ist doch wohl nicht
sein Ernst?*

»Komm schon, nur ein paar Minuten. Erzähl mir doch was über
dich. Was machst du denn so beruflich?«

»Du willst Smalltalk machen?«

»Warum denn nicht? Was ist denn schon dabei?«

*Ja, was ist denn schon dabei? Außer dass ich mich gerade frage, ob
mir jemand auf dem Empfang was in den Drink gekippt hat. Ich
hatte ein einziges Glas Champagner, ich kann gar nicht betrun-
ken sein.*

Floriane fuhr sich mit der linken Hand über die Stirn. Ihre Rechte
steckte immer noch in der Manteltasche und umfasste die Pistole.

*Das ist nur ein Kürbis, dem kannst du alles sagen, der kann dich
schließlich nicht verpfeifen.*

Ein Grinsen breitete sich auf ihrem Gesicht aus.

*Dem erzähl ich jetzt, was ich gerade getan habe, dann wird er froh
sein, wenn ich weitergehe.*

»Was grinste denn so? Los komm, sag, ich will mitlachen.«

»Du willst wissen, was ich beruflich mache?«

»Ja, sag ich doch. Hast du Tomaten auf den Ohren?«

Floriane senkte die Stimme zu einem Flüstern. »Ich bringe Leute um. Ich komme gerade von einem erfolgreich erledigten Auftrag.«

»Hui«, kreischte der Kürbis. Kurzes, heftiges Flammenflackern. Er senkte die Stimme, sprach leise, fast verschwörerisch weiter. Die Kerzenflamme bewegte sich kaum. »Du meinst, da wo du gerade herkommst, liegt jetzt 'ne Leiche rum?«

»Ganz genau.« Floriane warf die Haare über eine Schulter zurück. »Ich bin Auftragsmörderin.«

Einen Moment schwieg der Kürbis.

Floriane wollte gerade ein triumphierendes *Jetzt hat es dir aber die Sprache verschlagen* anbringen, da kicherte der Kürbis wieder.

»Auftragsmörderin, ey? Bist du dir ganz sicher, dass du richtige Morde verkaufst und nicht nur kleine Tode?« Das Kürbiskichern wurde lauter. »So wie du angezogen bist, siehst du eher aus wie 'ne Edelnutte.«

Floriane klappte der Kiefer nach unten.

»Obwohl: Streich das Edel.« Das Kichern wurde zu einem Lachen. Rot flackerte die Kerzenflamme.

Fast so rot wie Florianes Zorn.

»Was hast du da gerade gesagt?« Sie kniff die Augen zu Schlitzen zusammen, ihr Gesichtsfeld verengte sich auf das Flackern und die geschnitzte Fratze, die sie verhöhnte.

»Du hast mich sehr gut verstanden, denke ich.«

»Oh, das denke ich nicht. Ich würde zu gerne wissen, wieso eine aufgeblasene Beere sich einbildet, mich beleidigen zu dürfen.«

»Hoho, jetzt krieg ich aber Angst, wenn du so böse schaust. Bitte, bitte tu mir nichts, du große, gefährliche Auftragsmörderin.« Ein kurzes Glucksen. »Gefällt dir das, wenn ich um Gnade winsele? Kommst du dir dann toll vor?«

Floriane biss sich auf die Zunge. *Sag jetzt nichts, geh einfach weiter. Lass dich nicht noch mehr provozieren.* Sie machte einen Schritt zur Seite.

»Hey, Moment mal. Ich bin noch nicht fertig mit dir«, kreischte der Kürbis.

»Aber ich mit dir«, sagte Floriane leise.

»Nix da, du bleibst gefälligst hier und redest mit mir.« Der Kürbis schrie immer noch, die Kerze in seinem Inneren flackerte wieder wie wild.

Irgendwo begann ein Hund zu kläffen.

Floriane zuckte zusammen. Machte der brüllende Kürbis jetzt schon Haustiere in der Umgebung scheu? Sie musste ihn zum Schweigen bringen, schließlich befand sie sich auf dem Heimweg von einem Auftrag und durfte nicht entdeckt werden. *Unauffällig vom Tatort entfernen, das war mein Plan. Ich hätte den Bus oder ein Taxi nehmen sollen, nicht durch den Park laufen.*

Seufzend wandte sie sich wieder dem Kürbis zu. Das Kerzenflackern beruhigte sich.

»Na also, geht doch.«

Wie konnte es sein, dass in diesen vier Worten eine so unglaubliche Selbstgefälligkeit mitschwang? Das da zwischen den Ästen war kein Mensch, sondern nur ein überdimensioniertes Stück Obst.

Floriane stutzte. *Moment mal. Kürbisse können nicht sprechen. Das ist eine Tatsache. Nur Menschen können sprechen.*

Erneut sah sie sich um. Legte den Kopf schräg und lauschte. Nichts. Der Hund hatte sich wieder beruhigt, im Park herrschte tiefste Stille.

Floriane ging einen Schritt auf den Kürbis zu.

Wo würde ich mich verstecken, wenn ich jemandem so einen Streich spielen wollte?

Sie ging nachdenklich um den Baum herum, zwischen dessen Ästen der Halloween-Pumpkin steckte.

Nichts. Auch die niedrigen Sträucher in unmittelbarer Nähe des Kürbisbaumes boten keine Versteckmöglichkeit.

»Was haste denn?«

Wieder die impertinente Stimme, begleitet von einem leichten Flammenflackern.

»Kürbisse können nicht reden«, sagte Floriane und stellte sich erneut vor den Kürbis, hielt aber ein paar Meter Abstand, um die Umgebung im Blick behalten zu können.

»Ach nee.« Die Stimme klang wie die eines aufsässigen Vierjährigen, der Floriane die Zunge herausstreckte.

»Also gehört die Stimme einem Menschen, der sich hier irgendwo versteckt, um mich zu verarschen.« Floriane holte tief Luft. »Komm besser jetzt gleich raus, bevor ich richtig wütend werde.«

»Oh, da bekomm ich aber Angst«, sagte der Kürbis mit quengelnder Stimme. »Was passiert denn, wenn du so richtig wütend wirst? Tust du mir dann weh?«

Floriane sagte nichts, kniff nur die Augen zusammen. Nicht der Hauch einer wahrnehmbaren Bewegung in der Nähe.

»Versohlst du mir dann den Hintern?« Das letzte E zog der Kürbis spöttisch in die Länge. »Ach ups, Moment, ich hab ja gar keinen Hintern, ich bin ja nur eine aufgeblasene Beere.«

Floriane legte den Kopf schräg, während der Kürbis sprach, und versuchte zu bestimmen, aus welcher Richtung die Stimme kam.

Es klingt tatsächlich so, als ob der Kürbis spricht. Die Stimme kommt nicht von rechts oder links, und der Sprecher befindet sich auf gar keinen Fall hinter mir. Er muss sich hinter dem Baum verstecken.

In großem Bogen umrundete Floriane den Baum mit dem Kürbis. Doch genau wie zuvor gab es dort nichts zu sehen. Sie ging ein paar Meter weiter, spähte in alle Richtungen. Doch das Gebüsch wuchs hier nur spärlich, und wenn sich zwischen den Sträuchern eine Person verbarg, hätte sie diese sehen müssen.

Selbst wenn es nur ein Kind wäre, ich würde die Silhouette sehen.

Dann kam ihr eine neue Idee. Sie blieb stehen, drehte sich um und legte den Kopf in den Nacken. Doch auch auf den höheren Ästen der umstehenden Bäume saß niemand.

Verliere ich den Verstand? Wer spricht hier mit mir?

»Na? Haste dich endlich davon überzeugt, dass hier kein Mensch rumlungert, der dich veräppelt?«

Floriane ging zurück, stellte sich wieder vor den Kürbis, fixierte ihn mit ihrem Blick.

»Jetzt hat's dir echt die Sprache verschlagen, was? Ne quasselnde Beere trifft man auch nicht jeden Tag. Nicht mal in deinem Job.«

Wieder dieses Kichern. Wieder dieses Flackern.

Floriane fuhr sich mit einer Hand über die Stirn.

»Da läuft dir das Hirn heiß, was? Hatte ich also recht, die Hellste biste nicht.« Das Kichern wurde lauter, das Flackern stärker.

Die in Floriane glimmende Wut loderte hoch. Ihre Rechte fuhr wieder in die Manteltasche, umfasste den Griff der Pistole. Mit einer fließenden Bewegung zog sie die Waffe heraus und richtete sie auf den Kürbis.

»Oho, da krieg ich jetzt aber wirklich Angst.«

Floriane schoss. Ein, zwei, drei Mal.

Das Flackern verlosch. Die orangene Haut des Kürbisses platzte auf, kleine Stücke der Schale flogen in alle Richtungen.

Vier Mal. Fünf Mal.

Die Astgabel, in welcher der vorlaute Kürbis geklemmt hatte, war leer. Auf dem Boden rund um den Baum lagen die orangenen Überreste.

So, jetzt ist Ruhe. Bis auf die kläffende Töle.

Der Hund bellte jetzt wie verrückt, sicher telefonierten die Besitzer schon mit der Polizei. Höchst Zeit also, sich vom Acker zu machen.

Floriane steckte die Pistole wieder in die Tasche und setzte ihren Heimweg mit schnellen Schritten fort. Hoffentlich erreichte sie bald den Parkrand. Dann könnte sie sich eigentlich ein Taxi gönnen. Nach diesem surrealen Erlebnis wollte sie so schnell wie möglich nach Hause.

Dort dann ein entspannendes Vollbad, ein Glas Wein.

»Hey, du Schlampe!«

Sie blieb stehen. Starr vor Schreck.

»Wer glaubst du eigentlich wer du bist? Miese kleine Lohnkillerin!«

Florianes Herzschlag beschleunigte sich.

»Kommst dir so toll vor, dabei bist du der letzte Abschaum.«

Sie presste die Hände auf die Ohren, wollte die Stimme ausblenden.

Doch das ging nicht.

Denn die Stimme war in ihrem Kopf.

Marie Wilhelmsen

Cucu

Der dunkelgraue Himmel scheint das Land verschlingen zu wollen. Kälte kriecht an ihren Beinen hinauf, breitet sich über den ganzen Körper aus, legt sich zentnerschwer auf sie, erstickt sie schier. Voller Angst drückt sie die Hände auf die Brust, will ihren Herzschlag spüren, aber da ist nichts. Die Angst verwandelt sich in Grauen, sie blickt sich um, niemand weit und breit, nichts als Öde und sie mittendrinn. Tränen brennen sich den Weg in ihre Augen, rinnen über ihr Gesicht. Sie erwacht.

Caro eilt die Treppe hinunter. Schnell noch eine Tasse Kaffee, bevor sie in die Uni fährt und später weiter an die Supermarktkasse, an der sie das Geld verdient, um sich das Studium überhaupt leisten zu können.

Vor dem Küchenfenster dämmert ein nebelgrauer Tag herauf, und Caro fühlt sich zurückversetzt in den Traum, aus dem sie gegen Morgen tränenüberströmt erwachte. Damit nicht genug, ihr kommt auch wieder die Frau in den Sinn, die sie beim Heimkommen gestern Abend auf der Bank vor dem Haus zu sehen meinte. Ein in fließende Gewänder gekleideter Schemen, der verschwand, als Mondlicht durch die Wolken drang.

Albträume, Gespenster ... so kennt Caro sich gar nicht. Was, zum Teufel, ist mit ihr los? Sie schüttelt sich und wendet sich der Kaffeemaschine zu. Dabei streift ihr Blick das Bild der Großmutter. Kurz vor Caros Geburt kam Afra Meiners bei einem Unfall hier im Haus zu Tode. Das Wissen darum belastete sie bisher nie, jetzt ist das anders. Der Gedanke daran, dass die Oma im Zimmer nebenan gestorben ist, jagt ihr kalte Schauer über den Rücken. Ihre Finger zittern so sehr, dass sie beinahe das Kaffeepulver verschüttet. So geht das nicht! Caro ruft sich zur Ordnung, sie will zurück zu der ihr eigenen Sachlichkeit, sucht plausible Erklärungen, die dem Grauen seinen Stachel nehmen.

Gewiss ist es nur diese Ansammlung dunkler Tage Ende Oktober, all das Gerede von Samhain und Anderswelt, von Halloween und Totengedenken. Sie hasst diese Zeit, wenn der Nebel den Dingen ihre Konturen nimmt, sie in bizarre Gebilde verwandelt, die alles sein können und nichts. Wenn sie, so wie gestern Abend, ihren Sinnen nicht mehr trauen kann, wenn sie sich zu Tode erschrickt vor etwas, das nichts weiter ist als das Spiel von Licht und Schatten. Keine Frau auf der Bank vor dem Haus, nur ein vom Mondlicht entlarvtes Hirngespinst.

Während sie dem Glucksen des Wassers lauscht, tritt sie ans Fenster. Der Himmel hängt tief über dem verwilderten Garten. Verblühte Stauden, die niemand geschnitten hat, modern am Boden, dazwischen liegt abgefallenes Laub. Der Zaun ist schief, von der Garagenmauer blättert der Putz, das Haus, sie weiß es, sieht nicht besser aus. Das alles deprimiert sie zusätzlich, und nun hört sie auch noch Schritte auf der Treppe. Ihre Mutter – die erhoffte Ruhe vor den Anforderungen eines vollgepackten Tages ist dahin.

»Morgen«, grummelt die Mutter, setzt sich an den Tisch und stellt fest: »Kamst spät gestern. Und das Auto, das dich hergebracht hat, gehörte dem Basti Streitberger.«

Natürlich. Caro seufzt. Wie konnte sie auch nur einen Moment lang hoffen, ihre Mutter würde ihren alten Hass auf Burgi Streitberger, die Wirtin der Post, des größten Gasthauses weit und breit, heute einmal nicht thematisieren.

»Warum grad der? Warum grad Burgis Enkel? Nix wie Unglück hat die über unsere Familie gebracht!«

»Mama, hör mit den alten Geschichten auf! Nichts von dem, was du behauptest, kannst du beweisen. Halt lieber den Mund, sonst...«

»Was sonst?« Ihre Mutter fällt ihr erbost ins Wort. Caro seufzt, stellt zwei Tassen auf den Tisch, nimmt die Milch aus dem Kühlschrank, schenkt den Kaffee ein und lässt ihre Mutter reden.

»Hörst dich schon an wie eine von den Anwältinnen im Fernsehen. Noch bist aber nicht fertig mit deinem Studium. Überhaupt, Jura!«

Nach Burgi Streitberger ist das der zweite Stachel im Fleisch der Ulla Geiger. Wenn es nach ihr gegangen wäre, hätte ihre Tochter Medizin studiert, hier im Ort eine Praxis eröffnet und dann *wär' man wer.* Caro aber widersetzte sich, und nun ist sie bereits im fünften Semester.

»Ja, Jura!«

Sie weiß um die Nöte ihrer Mutter, bemerkt aber auch, wie ihr deren ständige Nörgelei immer mehr gegen den Strich geht und sie von Tag zu Tag dünnhäutiger werden lässt. Das und dieses seltsame Gefühl, als sei etwas in ihrer Nähe, was sie mit keinem ihrer sieben Sinne wirklich greifen kann, beunruhigt sie mehr, als sie zuzugeben bereit ist.

»Die Oma hat gesagt, ihr steht was zu vom Erbe. Als sie es einfordern wollte, ist sie nebenan von der Leiter gestürzt und Burgi war dabei, Josefa hat's gesehen.« Ohne auf den Einwand ihrer Tochter zu reagieren, beharrt Ulla Geiger auf der Schuld der Postwirtin.

»Ach Mama, jeder weiß, dass Josefa nie verwunden hat, dass Burgi nach Cäcilias Tod Postwirtin geworden ist und nicht sie.«

»Ist ja auch nicht normal, wenn ein gestandener Wirt sein Schankmadl heiratet, das dreißig Jahr jünger ist wie er.«

»Als sie geheiratet haben, hat Burgi schon den ganzen Laden geschmissen, und außerdem geht's uns nix an.«

»Doch geht's uns was an, sie hat ...«

»Lass es, Mama! Und jetzt muss ich los, servus.«

»Ich hasse es!« Caro knallt die Autotür hinter sich zu und lässt sich in den Sitz fallen.

»Upps, hat deine Mutter wieder einen ihrer schlechten Tage?« Basti startet den Wagen. Sie kennen sich seit Kindertagen, studieren beide in München und immer dann, wenn die Vorlesungspläne es erlauben, fahren sie gemeinsam zur Universität. Natürlich kennt Basti Ulla und die Beschuldigungen, die sie gegen seine Großmutter erhebt.

»Die meisten ihrer Tage sind schlecht. An den letzten guten kann ich mich kaum erinnern!«

»Aber sie ist nicht immer so gewesen, oder?«

»Nein.« Caros Stimme wird weicher, sie denkt an früher. »Solange mein Vater lebte, war sie fröhlich und zuversichtlich.«

»Wie alt warst du eigentlich, als dein Vater starb?«

»Vierzehn.«

»Er hatte Krebs, hat meine Oma gesagt und dass es sehr schnell gegangen sei.«

»Ihr sprecht über uns?« Caro richtet sich in ihrem Sitz auf.

»Ja, tun wir, ihr doch auch über uns!«

Caro fühlt sich ertappt und zieht es vor, zu schweigen.

»Meine Oma weiß, dass deine Mutter kein gutes Haar an ihr lässt. Sie nimmt es ihr aber nicht weiter übel. Schuld, sagt sie, sei der plötzliche Tod deines Vaters, darüber sei sie schwermütig geworden und ungerecht.«

»Wie gnädig«, schnappt Caro.

»Komm, lass uns nicht streiten«, lenkt Basti ein und Caro erinnert sich: Bis sie vierzehn war, verlief ihr Leben ganz normal. Ihr Vater betrieb eine kleine Schreinerei, ihre Mutter arbeitete halbtags im Büro, Geldsorgen kannten sie nicht, alles war harmonisch.

Zu harmonisch vielleicht, denkt Caro in einem Anflug von Fatalismus, denn von heute auf morgen änderte sich alles. Die Krebserkrankung, die ihr Vater längst überwunden zu haben glaubte, kehrte mit Macht zurück. Ehe sie noch begriffen was geschah, starb er. An die Zeit damals hat sie kaum noch eine Erinnerung. Irgendwie funktionierten ihre Mutter und sie, Freunde halfen. Die Schreinerei wurde aufgelöst, Caro schaffte das Schuljahr gerade so, und ihre Mutter veränderte sich von Tag zu Tag mehr. Sie setzte den Depressionen, die immer stärker nach ihr griffen, nichts entgegen, heute kommt sie nur mit Hilfe entsprechender Psychopharmaka mehr schlecht als recht über den Tag. Die lebensbejahende junge Frau ist mit ihrem Mann gestorben. Geblieben ist eine verbitterte Alte, jederzeit bereit, in allem nur das Schlechte zu sehen.

Gegen Abend setzt heftiger Wind ein, und Caro ist froh, endlich daheim zu sein. Sie findet ihre Mutter in tiefem Medikamentenschlaf und betrachtet sie einen Moment lang. Wenn sie doch nur wüsste, wie sie ihr aus dieser entsetzlichen Hoffnungslosigkeit heraushelfen könnte. Caro seufzt. Dunkle Tage, drängende Sorgen, belastende Träume – es ist wirklich kein Wunder, dass sie anfängt Dinge zu sehen, die es gar nicht geben kann: Eine Frau etwa in einem langen, hellen Gewand, die durch Wände geht und ihr dabei noch zuwinkt. Caro schüttelt sich, will nicht mehr an Trugbilder denken, die doch nichts anderes sein können als Einbildungen ihrer strapazierten Nerven, Ausgeburten des ausufernden Hasses, mit dem sie tagein, tagaus konfrontiert ist, und dem dringend Einhalt geboten werden muss. Doch wie? Der Schlüssel dafür, das spürt sie ganz deutlich, liegt in der Vergangenheit. Wenn sie in Erfahrung bringen könnte, was damals wirklich geschah, hätte sie vielleicht eine Chance, das Blatt zu wenden.

Caro holt das alte Album aus dem großen Schrank im Flur und blättert darin. Schwarz-Weiß-Aufnahmen aus der Zeit Anfang der fünfziger Jahre. Geisingen, das Dorf, aus dem ihre Oma Afra stammte. Ein großer Bauernhof, der ihr Zuhause gewesen ist, und den sie verließ, weil ihr Bruder, der Hoferbe, in ihr eine billige Magd und nicht die Schwester sah. Ein Bild vom Wirtshaus zur Post hier in Pfaffenbrunn, klein und kein Vergleich zu heute. Dort hatte Afra damals als Küchenhilfe begonnen. Gleichzeitig mit ihr war auch Burgi Schmieder, die Tochter eines Taglöhners, ebenfalls aus Geisingen gebürtig, als Schankmadl in den Dienst des Wirtsehepaares Cäcilia und Toni Streitberger getreten. Caro betrachtet die Fotos eingehend. Burgi blickt herausfordernd in die Kamera. Ihr sieht man an, dass sie schon damals ganz genau wusste, wohin sie wollte. Die junge Afra hingegen wirkt zurückhaltend, beinahe ein wenig verloren. Dass die beiden jungen Mädchen dennoch zu Freundinnen wurden, mutet seltsam an. Caro legt das Album beiseite, so interessant die Fotos auch sind, recht viel weiter bringen sie sie nicht bei ihrer Suche nach der Wahrheit.

Der Wind wandelt sich zu Sturm, ein Fensterladen schlägt gegen die Mauern des Hauses, Caro bleibt nichts anderes übrig, als hinauszugehen und ihn zu befestigen.

Leise vor sich hin fluchend schlüpft sie in Jacke und Gummistiefel. Beinahe reißt eine Sturmböe ihr die Türe aus der Hand, sie kann sie gerade noch halten. Über den Himmel rasen dunkle Wolken, dazwischen wirft der Mond sein fahles Licht auf die Erde. Die kahlen Zweige der Bäume vollführen einen irren Tanz, die Luft ist eisig kalt und scheint doch zu brodeln. Von der Stellage an der Hauswand grinst ein einzelner Kürbis auf Caro herab. Sie stapft ums Haus, entdeckt den Fensterladen, befestigt ihn provisorisch und eilt zurück ins Warme.

Caro erwacht vom Heulen des Sturms, Schatten wirbeln um sie herum, ein Kürbis wabert aus dem Zimmer.

»Cucu?«, flüstert sie, erstarrt, vergisst für einen Moment zu atmen. Er heiße Cucu, so sagte der Kürbis in ihrem Traum und er sei ... ja was? Sie verstand es nicht, der Wind heulte so heftig. Mit zitternden Fingern knipst sie die Lampe neben ihrem Bett an und sieht sich im Raum um. Alles ist wie immer. Sie atmet auf. Ein Traum nur – und da dürfen sogar Kürbisse Namen haben.

Draußen strahlt die Sonne von einem blau blanken Himmel, die Wolken sind mit dem Sturm gezogen. Es ist Samstag, und Caro findet endlich Zeit, im Garten ein wenig Ordnung zu schaffen. An der Stellage am Haus lehnt der Rechen. Während sie nach ihm greift, bemerkt sie eine Bewegung im dicken Efeubehang an der Mauer, vor der sie steht. Die grünen Ranken teilen sich, zwischen ihnen blitzt etwas Gelbes. Die Öffnung weitet sich und heraus springt ein Kürbis.

Ein Kürbis! Caro macht einen Satz zurück, verfängt sich in einer Brombeerranke, stolpert. Der Stiel des Rechens knallt schmerzhaft gegen ihre Stirn, sie landet unsanft auf dem Boden.

»Verdammte Sch...!« Sie kann gerade noch an sich halten. Was, zum Teufel, hat sie sich nun schon wieder eingebildet? Dreht sie jetzt endgültig durch?

»Ich ... bin ... echt!« Intoniert der Kürbis und hüpft vor Caro auf und ab. Sie betrachtet ihn aufmerksam, will herausfinden, welcher Mechanismus sich hinter dem Spielzeug – denn etwas anderes kann es nicht sein – verbirgt und murmelt: »Versteckte Kamera.«

»Du kannst aufhören, an dir und mir zu zweifeln. Ich bin Cucu, und ich bin hier, um dir zu helfen.«

»Cucu«, flüstert Caro, erinnert sich und ist ratlos.

Die Kälte des Bodens dringt durch ihre Jeans. Zitternd rappelt sie sich auf, dabei lässt sie den Kürbis keinen Moment aus den Augen.

Der hüpft immer höher und schneller, jedes Mal, wenn er auf dem Boden aufkommt, scheint er platzen zu wollen, und Caro erschrickt erneut.

Sie tritt näher hin zu ihm, beäugt ihn vorsichtig, murmelt »Cucu«, fasst sich ein Herz und fragt: »Und wobei willst du mir helfen?«

»Dabei herauszufinden, was wirklich geschah.«

»Was wirklich geschah …«, wiederholt Caro nachdenklich und wird auf einmal ganz ruhig. Unsicherheit und Angst sind wie weggeblasen, sie fasst Vertrauen und fragt: »Und wie willst du das anstellen?«

»Komm heute Abend, sobald es dunkel ist, zu dem Kreuz am Wald neben dem Weg nach Geisingen. Sei pünktlich!«

Ein gelber Blitz, Cucu ist verschwunden und Caro steht da wie vom Donner gerührt. Erst ein Pochen auf ihrer Stirn, dort, wo sie der Stiel des Rechens getroffen hat, bringt sie wieder zu sich. Ein Gedanke ergreift von ihr Besitz: Heute ist der letzte Tag im Oktober. Heißt es nicht, da sei die Grenze offen, hinüber in die andere Welt?

Die Stunden schleppen sich dahin, und Caro spürt, wie Zweifel sich in ihr regen.

Wie kann sie einem *Kürbis* glauben?

Warum eigentlich nicht, heute ist ein besonderer Tag!

Und dann ist da noch die Hoffnung, die nichts lieber möchte als die Wahrheit zu erfahren.

»Zwei zu eins«, flüstert sie vor sich hin und macht sich zu angegebener Zeit auf den Weg.

Cucu wartet schon, mattes Licht umgibt ihn.

»Folge mir!« Er gleitet zwischen den Bäumen hindurch tiefer in den Wald, bleibt unvermittelt stehen, verschwindet.

Caro starrt in die Finsternis, sieht, wie sie sich lichtet, sieht eine Gestalt auf sich zukommen. Erkennt die Frau in dem hellen

Gewand, erkennt ihre Großmutter. Ein Teil von Caro weiß, dass unmöglich ist, was gerade geschieht, ein anderer, dass es gut und richtig ist. Bevor sie sich entscheiden kann, streicht eine weiche Hand über ihr Gesicht, ein Ruck geht durch ihren Körper und dann sitzt sie neben Afra auf der Bank vor ihrem Haus in Pfaffenbrunn.

Panik ergreift Caro. Sie erstarrt, die Beule an ihrer Stirn pocht und brennt. Schmerz flutet durch ihren Körper, sie friert, gleichzeitig ist ihr heiß, sie bebt am ganzen Leib. Eine Hand legt sich sanft auf ihre Stirn, das Pochen verebbt, der Schmerz weicht. Sie spürt, wie Afra den Arm um sie legt, wie ihr Kopf auf die Schulter der Großmutter sinkt und Ruhe sie überkommt.

»Diese Bank ist von jeher schon mein Lieblingsplatz.«

Caro hört ein leises Lächeln in Afras Stimme und stutzt.

»Ist ...? *Ist* dein Lieblingsplatz, du bist doch ... ich meine ...«, Caro schweigt abrupt.

»... tot, willst du sagen. Trau dich ruhig.«

»Ja, aber ... ich ...«, Caro gerät ins Stottern.

»Für die meisten Menschen in deiner Welt ist jemand, der gestorben ist, tot. Was sie nicht wissen, ist, dass Sterben den Übergang in eine andere Wirklichkeit bedeutet, nicht aber die völlige Vernichtung des Seins.«

Während Caro noch versucht, das Gehörte irgendwie zu begreifen, spricht Afra schon weiter.

»Das aber wollen wir jetzt nicht vertiefen. Du bist hier, um zu erfahren, was nötig ist, damit du die Dinge zurechtrücken kannst, die in Unordnung geraten sind.«

»Du meinst, was damals geschah zwischen Burgi und dir?«

»Ja.« Afra drückt ihre Enkelin an sich und beginnt, zu erzählen: »Unmittelbar bevor Toni starb, rief er mich zu sich und übergab mir sein Testament. Er hatte mir einen Teil seines Vermögens vermacht. Als Dank für meinen Einsatz für sein Wirtshaus, vor allem aber deshalb, weil Cäcilia, seine erste Frau, die ich bis zu ihrem Tod gepflegt hatte, es so wollte. Ich war wie vor den Kopf geschlagen, bevor ich aber noch etwas sagen konnte, starb Toni.«

»Wenn das mit dem Testament stimmt, dann ... « Caro sieht Afra mit weitaufgerissenen Augen an.

Die lächelt wehmütig und fährt fort: »Da stand ich nun mit diesem Stück Papier in der Hand, von dem, da war ich sicher, Burgi nichts wusste. Wie sie darauf reagieren würde, wagte ich mir kaum vorzustellen, vor allem nicht, nachdem ich gelesen hatte, um welche Summe es sich handelte.«

»Aber warum? Du hast das doch alles wirklich geleistet!«

»Ach Kind.« Afra seufzt. »In all den Jahren war Burgi auch so etwas wie Heimat für mich. Geisingen, das Dorf aus dem wir beide stammen, hat mir immer gefehlt. Mit ihr konnte ich von früher sprechen, von der Zeit, als wir Kinder waren, von den Menschen dort, eben von allem, was ich verloren hatte. Darüber sind wir Freundinnen geworden, und auch wenn ich nicht mit allem einverstanden war, was Burgi tat, so hat sie sich mir gegenüber doch immer anständig verhalten. Ich wusste, das alles wäre zu Ende, wenn ich dieses Testament vorlegte.«

»Aber dann hast du es doch getan, oder?«

»Ich habe ihr davon berichtet, und sie hat so reagiert, wie ich es befürchtet hatte.« Caro hört die Trauer in Afras Stimme und rückt noch näher zu ihr.

»Und dann hat Burgi dich ... hat sie ...« Caro scheut sich, auszusprechen, was ihre Mutter der Wirtin vorwirft.

»Sie war zutiefst verletzt über Tonis Misstrauen und natürlich extrem wütend auf mich. Außerdem wollte sie nicht, dass das Testament publik wurde. Ich war bereit zu schweigen und wir verabredeten, dass sie mich auszahlen würde, sobald die Grundstücke am Bichl, dort, wo heute die Reihenhaussiedlung steht, verkauft wären.«

Afra seufzt erneut, dann fährt sie fort: »Die Grundstücke waren verkauft, das Geld musste auch geflossen sein, und mir fiel auf, dass Burgi mir aus dem Weg ging. Dann erhielt dein Vater die Nachricht, dass er an Krebs erkrankt sei. Nun brauchten wir das Geld dringend, schließlich warst ja auch du unterwegs.«

Lächelnd drückt Afra die Hand ihrer Enkelin, und dann berichtet sie davon, wie sie zu Burgi ging und ihr ein Ultimatum stellte: Das Geld oder das Testament würde publik! Sie erzählt davon, wie Burgi ihr unterstellte, das Dokument gäbe es gar nicht, sie versuche lediglich, sich zu bereichern. Wie sie sich nicht beirren ließ, sondern auf ihrer Forderung bestand.

»Warum hast du ihr das Testament nicht einfach vorgelegt?«, will Caro wissen.

»Ich hatte es gleich zu Anfang gut versteckt. Etwas in mir ahnte wohl, dass ich Burgi in diesem Punkt nicht trauen konnte. Sie hätte versuchen können, es an sich zu bringen, es zu vernichten, irgendetwas dergleichen. Den offiziellen Weg wollte ich nicht gehen, immerhin hatte ich mein Wort gegeben, das Erbe nicht publik zu machen.«

»Sie hat sich auch nicht an ihr Wort gehalten, warum dann du?«

Afra zuckt nur vage mit den Schultern, holt tief Luft und dann erzählt sie von dem letzten Akt ihres ganz persönlichen Dramas.

Das Ultimatum, das sie Burgi gestellt hatte, lief aus. Wie würde dieser Tag enden – siegreich oder verhängnisvoll? Würde die Postwirtin ihr geben, was Toni ihr vermacht hatte? Was, wenn nicht?

Afra war nervös, wollte sich ablenken, machte sich daran, das hohe Bücherregal im Wohnzimmer abzustauben. Auf einer Leiter stehend nahm sie Buch für Buch in die Hand, wischte darüber und darunter, legte es beiseite. Die sich immer wiederholenden Bewegungen beruhigten sie, ihre Gedanken gingen auf Reisen. Sie wanderten zurück zu ihrer Kindheit, zu ihrer Mutter, zu ihrem Vater und zu der jungen Burgi.

Da wurde die Tür aufgerissen, Afra wankte vor Schreck, um

ein Haar wäre sie gestürzt. Im Zimmer stand die Postwirtin, alt geworden und mit unterdrückter Wut im Gesicht.

»Hier, zehntausend, mehr gibt's nicht!« Sie warf ein Bündel Geldscheine auf den Tisch, stemmte die Hände in die Hüften und sah zu Afra hinauf. Alles an ihr war Kälte und Herausforderung.

»Nein, Burgi, so nicht!« Afra hatte sich gefasst. »Ich werde nicht mit dir um den letzten Willen deines Mannes feilschen, ich will, dass du ihn erfüllst. Tust du es nicht, wird ein Richter dich dazu zwingen.«

»Du und dein verdammter Hochmut! Was glaubst du, wer du bist?« Burgi tat einen Schritt auf die Leiter zu, griff nach ihr, rüttelte daran. Einen bangen Moment lang wankte Afra, fand nichts, woran sie sich hätte halten können, stürzte. Wie in Zeitlupe sieht Caro ihren Kopf auf Regalbretter schlagen, Bücher zu Boden fallen, ihre Großmutter zwischen sie sinken. Mit verdrehten Gliedern liegt sie da, Verwunderung im Gesicht, totenstill.

»Es stimmt! Alles, was Mama sagt, stimmt!« Aus schreckgeweiteten Augen starrt Caro ihre Großmutter an.

»Ja, und nun hör gut zu und merk dir jedes Wort, das ich dir sage.«

Caro tut, wie Afra ihr geheißen und erfährt, wo das Testament verborgen ist und welche Schritte sie nun unternehmen muss.

»Erledige all das ohne Zögern, denn lange wird Burgi nicht mehr auf eurer Welt sein«, fügt die Großmutter noch hinzu. Dann umarmt sie Caro und drückt ihr einen blauen Stein in die Hand.

»Bewahre ihn gut, durch ihn sind wir verbunden. Was du ihm sagst, sagst du mir, mit ihm kannst du mich rufen!«

Wie sie in ihr Bett gelangt ist, kann Caro nicht sagen. Als sie aufwacht, ist sie verwirrt. Traum? Halluzination? Eine andere Erklärung findet sie nicht. Sie streckt sich, spürt etwas in ihrer Hand – einen blauen Stein.

Katrin Biasi

Totes Laub

»Der Wald ist voller Gefahren«, sagte Mama, setzte sich auf die Knie und blickte mir so tief in die Augen, dass ich zusammenschrumpfte. »Geh niemals in den Wald, Natsu-*chan*. Hörst du? Da drin lauern böse Gestalten, und wenn die dich erwischen, findest du nie wieder heraus.«

Drei Jahre sind seitdem vergangen, und bislang habe ich den Wald, der unser Dorf umgibt, jedes Mal in einem Stück wieder verlassen. Mama versteht nichts von seinen Geheimnissen. Nicht einmal die Dorfältesten tun es. Für sie bin ich nur das merkwürdige kleine Mädchen, das nachts umherwandert. Das Mädchen, das Gespenster sieht.

»Natsu-*chan*? Wo steckst du?«

Schon aus hundert Metern Entfernung höre ich Mama rufen. Ein wenig regt sich mein schlechtes Gewissen, weil sie sich solche Sorgen um mich macht.

»Natsu?«

»Hier bin ich!« Ich laufe auf Mama zu und strecke meine Arme aus, doch sie schaut nur auf mich herunter. Ich fröstele und wünsche mich zurück in die Nacht, die mich geborgen hielt, bis die Herbstsonne vor ein paar Minuten über das Dorf hereinbrach.

»Wie oft muss ich dir noch sagen, dass du im Wald nichts verloren hast?«

»Es tut mir leid, *okasan*«, erwidere ich halbherzig.

»Ach, was soll nur aus dir werden?« Mama rauft sich die Haare.

Früher glänzten sie tiefschwarz wie meine, nun sind sie durchzogen von weißen glitzernden Strähnen, sodass sie aussieht wie ein Dachs. Ein alter Dachs.

»Es tut mir leid«, wiederhole ich nur und komme mir zunehmend schrecklich vor.

Mama seufzt und zieht mich mit sich ins Haus. »Du kannst Yuki beim Aushöhlen der Kürbisse helfen.« Ich streife meine Schuhe ab und schlüpfe in meine hölzernen Hausschuhe. Ein kleines, blau leuchtendes *Hitodama* stößt mit seinem Schweif die Kürbiskerne, die Yuki aussortiert hat, über den Tisch. Seine Aura pulsiert, als würde es kichern.

»Lass das.« Ich lache und mache eine scheuchende Handbewegung, von der es sich nicht beeindrucken lässt.

Yuki schaut mich irritiert an.

»Nicht du, *oneechan*.«

»Schon wieder diese Geister?« Yuki zieht einen Mundwinkel so hoch, als hätte sie ihn dort festgeleimt.

Ich hole mir meinen eigenen Kürbis und das einzige Messer, das so stumpf ist, dass Mama mir erlaubt, damit zu schnitzen. »Sie sind keine Geister. Sie mögen es nicht, wenn man sie so nennt.«

»Aber ich sehe sie nicht«, meint Yuki. »Also sind sie Geister.«

Yuki ist fünf Jahre älter als ich, aber in Momenten wie diesen zweifle ich daran.

»Sie sind *Hitodama*«, sage ich und zeige auf das Seelchen, das sich nun am Waschzuber gütlich tut, indem es mit seinem Schweif auf die Wasseroberfläche peitscht, dass der Schaum empor spritzt. »Sie sind die Seelen von Verstorbenen, und du solltest ihnen Respekt erweisen.«

Yuki grummelt leise und fährt damit fort, ihren Kürbis auszuhöhlen, der so schief und zackig grinst, dass er richtig gruselig dreinschaut. Sie will es nicht verstehen. Sie glaubt nur an das, was sie sehen kann. Sie glaubt an unsere Mutter, an unseren Vater, und an das wiederkehrende Geläut der Glocken unseres Dorftempels. Die *Hitodama* sind für sie nichts anderes als Schreckgespenster aus alten Sagen und Legenden.

Als wir am frühen Abend den Tisch eindecken, kommt Papa nach Hause. Er trägt noch seine von Holzstaub bedeckte Arbeiterkleidung, und die breite Axt hängt lässig über seiner Schulter, als trüge er einen toten Hasen. Ich mag keine Hasen. Sie machen mich nervös mit ihren zuckenden Nasen.

»Schon wieder?« Er zeigt auf den Haufen Reis, der noch dampft vom heißen Kochwasser, und die Kürbisinnereien. Ich atme auf, als er endlich die Axt beiseitelegt.

»Leider haben wir nichts anderes.« Mama senkt den Kopf.

»Du könntest mal wieder ein zartes Stück Fisch auf dem Markt kaufen. Aber ich möchte nicht undankbar sein. Danken wir den Göttern für unser Mahl.«

Wir hocken uns auf die *Tatami*-Matten und bedanken uns für unser Mahl. Dann verteilt Mama den Reis und die Kürbisinnereien: Zuerst an Papa, dann an Yuki, dann an mich und zuletzt für sich selbst.

»Natsu hat schon wieder die Geister gesehen, *otousan*«, platzt Yuki mit vollem Mund heraus.

»Yuki!« Ich huste, weil ich eine Portion Reis eingeatmet habe. Sanft klopft mir Mama auf den Rücken, bis der Husten aufhört, und sieht Yuki vorwurfsvoll an.

»Ist das wahr?« Papa sieht mich so durchdringend an, dass meine Wangen brennen und ich schaue lieber auf meine Hände. Ich mag es nicht, wenn er mich so ansieht.

»Ja, *otousan*«, sage ich nur.

Papa schüttelt den Kopf. »Was soll nur aus dir werden? Wie soll ich in ein paar Jahren einen Ehemann für dich finden, wenn du überall Gespenster siehst?«

»Sie sind keine Gespenster!«

»Das war ungezogen«, sagt Mama. »Du solltest dich bei deinem Vater entschuldigen.«

»Ich entschuldige mich, *otousan*«, flüstere ich und zwinge mich, ihm in die Augen zu sehen, damit er merkt, dass ich es ernst meine.

»Ich danke dir.« Papa nickt mir aufmunternd zu. Jetzt geht es mir wieder etwas besser.

Still essen wir weiter, doch Yukis Blicke von der Seite bohren sich in mich hinein, und selbst der Kürbis schmeckt fad.

Dunkelheit legt sich über das Dorf. Bei Sonnenuntergang stehen wir vor dem Haus und halten unsere ausgehöhlten Kürbisse sowie eine kleine Kerze auf dem Arm, bereit für die Zeremonie. Ich grinse meinen Kürbis an. Er sieht wunderschön aus, wie er mich anlächelt und nur darauf wartet, dass ich meine Kerze in sein Inneres stelle. Dann läutet der Dorfälteste die Glocken des Tempels.

»Es ist so weit, Kinder.« Mama und Papa stellen als erste ihre Kürbisse vor unsere Haustür und die Kerzen hinein. Danach dürfen Yuki und ich unsere Kürbisse daneben platzieren. Unsere eigene kleine Kürbisfamilie. Dann beten wir um die Gunst der Toten und warten, bis die Priester unsere Straße entlanglaufen und mit ihren Fackeln die Kerzen entzünden. Die *Hitodama* müssen schließlich den Weg zu ihren alten Häusern finden und das können sie nicht ohne die Kürbislichter. Wenn es ganz still ist und in der Dunkelheit die flackernden Kürbisfratzen tanzen, stelle ich mir vor, dass die Kürbisse nach den Seelen rufen, um ihnen die Suche zu erleichtern. Ich habe Yuki davon erzählt, aber sie glaubt nicht daran, dass die Kürbisse sprechen können.

»Da, sie kommen!« Aufgeregt hüpfe ich auf der Stelle und zeige nach rechts, wo ein paar Fackeln aufgetaucht sind und langsam größer werden. Dann stehen die Priester vor uns. Ihre Mienen unter den langen Kapuzenumhängen verraten keine Regung, doch ich weiß, wie stolz sie sind, diese Aufgabe wahrnehmen zu dürfen. Langsam senken sie die Fackeln und entzünden die Kerzen. Sie lassen die Kürbisse lächeln, und auch ich könnte nicht glücklicher sein.

Stumm und hellwach liege ich auf meinem Bett aus Stroh und starre die Decke an. Auf der anderen Seite des kleinen Zimmers schnarcht Yuki. Manchmal beneide ich sie. Sie legt sich hin, und keine Minute später schläft sie schon. In dieser Nacht nutze ich das zu meinem Vorteil.

Vorsichtig setze ich mich auf dem Stroh hin und schlüpfe in meine Hausschuhe und Straßenkleidung. Yuki rührt sich ein wenig, doch sie schläft weiter, und so schleiche ich mich aus dem Zimmer in den großen Hauptraum. Es riecht noch nach dem Abendessen und der Latrine, die ich am Morgen werde leeren müssen. Ein Glück, dass in unserem Dorf niemand die Türen versperrt. So erfreue ich mich an der menschenleeren Straße, die sich zu beiden Seiten ins Dunkel ergießt. Nur die leuchtenden Kürbisse spenden Licht. Ich wünschte, ich könnte dieses Bild festhalten, es sieht wunderschön aus. Im Wald stimmen die Eulen ihr allnächtliches Lied an, und ich bin versucht, mitzumachen, wüsste ich nicht bereits, dass es sie kränkt, daher summe ich nur in meinem Kopf mit. Der Himmel prangt sternenklar über dem Wald, der nun, da die *Hitodama* mich erwarten, in allen möglichen Farben leuchtet: grün, blau, rot, orange, lila ... Es sieht aus wie ein Regenbogen. Ich lächle und hüpfe zwischen den Kürbislichtern die Straße entlang.

»Natsu-*chan*!«

Ich stolpere und schaffe es gerade noch, einen Sturz zu verhindern. Yuki baut sich vor mir auf. »Ich möchte auch mitkommen!«

Flach atmend stütze ich die Hände auf die Knie und starre meine Schwester an. Sie trägt immer noch Nachthemd und Hausschuhe.

»Wohin gehst du eigentlich?«, fragt sie und reibt sich die Nase.

»Was?«, antworte ich, zu perplex, um etwas anderes zu sagen. Schlimm genug, dass Yuki offenbar doch nicht geschlafen hat und mir gefolgt ist!

»Na, wo du hin gehst.«

»In – in den Wald natürlich.«

Yukis Grinsen verschwindet. Sie fürchtet sich vor dem Wald, aber das würde sie niemals zugeben, erst recht nicht vor ihrer kleinen Schwester.

»Ich komme trotzdem mit.« Demonstrativ streckt sie ihr Kinn nach vorne und stemmt die Hände in die Hüften. Die Kürbislichter, die sie von unten beleuchten, lassen sie umso entschlossener aussehen.

Was soll ich nur tun? Ich will nicht, dass Yuki mitkommt. Und die *Hitodama*, was werden sie sagen? Yuki kann sie nicht sehen, aber sie können Yuki sehen und ich glaube nicht, dass es ihnen gefallen wird, wenn ich sie mitbringe.

»Stehst du dir jetzt die Beine in den Bauch?« Yuki eilt ein paar Meter voraus und tippelt, als müsste sie gleich die Latrine aufsuchen.

Bleibt mir eine andere Wahl? Wenn ich sie abweise, wird sie mich verpetzen, und dann dürfte ich womöglich nie wieder in den Wald ...

»I-ich komme!« Ich schlucke meinen Unmut herunter und überhole Yuki, damit sie nicht sehen muss, wie ich meine Angst wegblinzle.

Im Wald ist es düster und stickig. Die Kühle der Nacht haben wir an seinem Saum zurückgelassen. Yuki reibt sich über die Arme. Ihr muss kalt sein, so ganz ohne Jacke. Oder hat sie nur Angst? Die *Hitodama* jedenfalls halten Abstand zu uns. Ich wusste es, sie nehmen es mir übel. Aber immerhin folgen sie uns.

»Wo sind deine Geister denn jetzt?« Yukis Zähne klappern, während sie spricht.

»Sie sind keine Geister, *oneechan*. Wie oft muss ich dir das noch sagen?«

»Na gut. Und wo sind deine *Hotidomi*?«

»*Hitodama*«, korrigiere ich und rolle mit den Augen.

Yuki seufzt. »Na gut. Wo seid ihr, *Hitodama*?«, ruft sie und legt dabei die Hände um den Mund.

»Nein, nicht!« Ich packe Yukis Arme und reiße sie von ihrem Gesicht weg. »Warum hast du das getan?« Jetzt schreie ich auch, aber es spielt keine Rolle mehr. Nichts spielt mehr eine Rolle. Die *Hitodama* sind fort. Yuki hat ihnen Angst gemacht, und jetzt haben sie auch vor mir Angst. Das darf nicht sein, das darf einfach nicht sein! »Du hast alles kaputt gemacht! Ich hasse dich!«

»Hör auf! Du tust mir weh!«

Ja, ich tue dir weh, du verdienst es, und deswegen schlage ich dich weiter, bis du von allein verschwindest!

»Natsu ... Bitte, hör auf!«

Zitternd halte ich inne, stolpere ein paar Schritte rückwärts, bis ich gegen einen großen Baum pralle und mich gegen ihn sinken lasse. Ich klammere mich an seiner Rinde fest, die hart und verlässlich unter meinen heißen Fingern pocht, und starre meine Schwester an. Eine dunkle Linie bahnt sich ihren Weg über ihre Lippen und ihren Hals entlang.

»Ich hätte n-nicht m-mitkommen dürfen«, schnieft sie.

Nein, das hättest du nicht, denke ich, aber meine Stimme schafft es nicht, diese Worte auszusprechen. Ich schaffe nur, meine Schwester anzusehen, als wäre sie ein Gespenst, ein richtiges Gespenst. Jetzt weine ich auch, weil ich mir so unfassbar dumm vorkomme. Yuki kann doch nichts dafür, dass sie die *Hitodama* nicht sehen kann. Sie ist nur neugierig, sie möchte an meiner Welt teilhaben. Wie kann ich sie dafür verurteilen?

»*O-oneechan* ...«

Ich starre auf einen leeren, dunklen Fleck. Dort, wo eben noch Yuki stand, gähnt nun Leere. Sie ist fort.

Ich kann nicht sagen, wie lange ich stumm und steif dasitze. Mein Rücken schmerzt, meine Augen brennen und meine *Hitodama* sind fort, aber ich habe es nicht anders verdient. Ich bleibe so lange hier sitzen, bis ein *Youkai* mich in seine Höhle entführt und verspeist.

Ein rötliches Licht tanzt vor meinen geschlossenen Augenlidern. Endlich, der *Youkai*. Aber es ist viel zu kalt für einen Dämon. Ich blinzle. Ein junges *Hitodama* schwebt dicht vor meiner Nase.

Ich lächle sachte, hebe den Arm und lege die Handinnenfläche behutsam auf den Lichtschein seines Kopfes. Es schmiegt sich hinein und gibt ein Geräusch von sich wie eine Katze, die hinter den Ohren gekrault wird. Jetzt entdecke ich auch die anderen *Hitodama,* die sich mir langsam nähern. Eigentlich hätte das dafür sorgen müssen, dass ich mich besser fühle, doch alles, was in meinem Herzen wohnt, ist Scham, weil ich meine Schwester verletzt habe. Ich hätte sie längst suchen sollen. Wer weiß, wie viel Zeit vergangen ist seit unserem Streit? Ob sie sich im Wald verlaufen hat? Sie kennt sich hier nicht aus ... Ein Schauer läuft mir den Rücken hinunter. Der Drang, mich bei Yuki entschuldigen zu müssen, ergreift mein ganzes Bewusstsein.

»Helft ihr mir, Yuki-*chan* zu finden?« Ich rappele mich auf und laufe eine Schneise in den Waldboden, weil ich auf einmal nicht mehr stillsitzen kann. »Bitte! Ich schaffe das nicht allein.«

Zu meiner großen Erleichterung stimmen die *Hitodama* zu. Sie gleiten in den Wald hinein und verschwinden zwischen den Bäumen, ungefähr dort, wo Yuki zuletzt gestanden hat. Ich haste hinterher, fege Äste aus dem Weg. Die *Hitodama* leuchten den Weg in ihren Regenbogenfarben aus, ich muss nur darauf achten, wo ich hintrete. Trotzdem stolpere ich über die eine oder andere aus der Erde ragende Wurzel. »Weiter«, sage ich dann, nicke den Seelen zu und laufe wieder los, diesmal kontrollierter. Ich muss meine Schwester finden, ich muss wissen, ob es ihr gut geht. Ob sie mir böse ist. Ich wünsche mir, dass alles wieder so ist wie vorher. Dass wir wieder am Tisch stehen und Kürbisfratzen schnitzen. Dass ich wieder Yukis Schnarchen lausche und dabei in mich hinein kichere.

Schließlich, nach einer gefühlten Ewigkeit, drosseln die *Hitodama* ihr Tempo und sammeln sich auf einer kleinen Lichtung. Ich erkenne diesen Ort. Hier bin ich den *Hitodama* zum ersten Mal begegnet, an einem schwülwarmen Herbstabend vor genau drei Jahren. Beinahe spüre ich wieder die feuchte Luft auf meiner Haut, die Schweißperlen, die mir die Stirn herunter kullern. Unwillkürlich wische ich mir mit der Hand übers Gesicht.

Die Lichtung hat sich im Vergleich zu früher nicht verändert. Bis auf ...

»Yuki!« Ich stürme auf die Lichtung und lasse mich vor dem regungslosen Körper meiner Schwester auf die Knie fallen. »Yuki-*chan*! Was ist mit dir? Wach auf!« Ich rüttele an ihrer Schulter, doch sie rührt sich nicht. Panik erfasst mich. »*Oneechan*! Du musst aufwachen!« Doch ihr Kopf rollt nur von links nach rechts und wieder zurück. Die dunkle Linie, die ihren Hals entlangläuft und in ihrem Nachthemd endet, bricht. Heiße Tränen prickeln auf meinen Wangen, ich vergrabe meinen Kopf an Yukis Brust. Sie ist eiskalt, kälter als der Waldboden. »*Oneechan* ...«

Die *Hitodama* scharen sich um mich. Ihre Auren zerren an mir, als wollten sie mir sagen, dass ich noch etwas anderes zu tun habe in dieser fürchterlichen Nacht. Aber ich will bei Yuki sein, wenn sie aufwacht. Denn sie muss aufwachen, sie muss!

Meine Tränen durchtränken schon Yukis Nachthemd, da wird die Lichtung von grellem Licht erfüllt. Ich kneife die Augen zusammen. Es fühlt sich so weich an wie die Haut eines Neugeborenen

und so verletzlich wie eine Fliege im Spinnennetz. Ich streiche über
Yukis Wange, die gebrochene Linie entlang, dann über ihre Schulter
bis zu ihrem Handgelenk.

Ich muss nicht hinsehen. Ich will auch gar nicht. Aber ich sehe
hin. Ich bin es ihr schuldig. Wenn das meine Strafe ist, werde ich sie
akzeptieren.

Yukis Seele schwebt in der Mitte der Lichtung. Ihr helloranges
Licht verströmt eine Wärme, wie sie bei gerade erst dem Körper
entfleuchten *Hitodama* üblich ist, doch dieses Mal gibt es für mich
nur die Kälte des leblosen Körpers unter mir.

»Mama? Papa? Helft mir! *Oneechan*, komm zu mir zurück!
Bitte!«

Unter meinen zitternden Händen verwandelt sich Yukis Körper
bereits in totes Laub. Meine Finger greifen ins Leere, durchwühlen
die vertrockneten Blätter, die eben noch meine Schwester waren.
Ich schreie. Yuki ist ein Gespenst geworden, mein ganz persönliches
Gespenst. Die *Hitodama* umschwärmen mich voller Trauer, aber
was können tote Seelen schon ausrichten? Noch schlimmer – sie
nehmen Yukis Seele in ihre Mitte auf, als hätte sie schon immer zu
ihnen gehört.

»Ihr könnt mir sie nicht wegnehmen!«

Die *Hitodama* rücken von mir ab und bilden einen Kreis um
Yukis Seele.

»Gebt mir meine Schwester wieder!«

Die bunte Masse schüttelt einheitlich die Köpfe. Ihre Schweife
zucken nervös.

»Ich … ich warne euch! Gebt sie mir wieder!«

Die Hand, mit der ich auf die *Hitodama* zeige, bebt so sehr,
dass ich meinen Arm kaum oben halten kann. Wie soll ich bloß
ohne meine große Schwester leben? Wie soll ich nach Hause gehen?
Wie kann ich Mama und Papa noch unter die Augen treten? Sie
werden mich hassen. Sie werden mir die Schuld geben. Und sie

haben alles Recht dazu. Sie hassen mich. Ich habe ihnen ihre Tochter genommen. Ich kann nicht nach Hause.

Ich ziehe meine Kleider aus, lege mich auf den kalten Waldboden und strecke alle viere von mir. Über mir tanzen die *Hitodama* und verdunkeln das Firmament. Ich verderbe den Waldboden mit meiner Trauer. Und bald bin auch ich totes Laub.

Kleines Glossar

-chan: Verniedlichungsform
okasan: Mama
otousan: Papa
oneechan: große Schwester
Hitodama: dt. »Menschenseele«
Youkai: jap. Fabelwesen

Peter Krall

Zuccageddon

Die Pisaner Vorgeschichte

Im Grunde hatte sich der Gegenpapst nie für die Immanentisierung des Eschaton interessiert. Aber was sollte er tun? Der römische Papst, Gregor, hatte ihn exkommuniziert. Gleiches hatte der Avignonenser Gegenpapst Benedikt getan. Dass Benedikt und Gregor einander wechselseitig ebenfalls exkommunizierten, blieb ein schwacher Trost. Zumal die Schmerzen stärker wurden. Er ließ nach Baldassare Cossa rufen, welcher wenig später eintraf.

Ob noch etwas zu machen sei, fragte Alexander.

Baldassare verneinte. Das Gift in der Kürbissuppe sei tödlich, wenn nicht zuvor das Gegengift eingenommen werde. Er bedaure dies. Doch wolle er gerne Papst sein, und vier Päpste wären dann doch zu viel.

Immerhin erklärte er sich auf Drängen Alexanders bereit, jenem einen letzten Wunsch zu erfüllen, falls Alexander im Scrabble gegen ihn und den zu Besuch weilenden Kanzler der Universität Leipzig gewänne. Um die Sache spannender zu machen, spielten sie auf Englisch. Alexander gewann, hauptsächlich weil er ›toxicity‹ mit dreifachem Wert des ›x‹ und doppeltem Wortwert legen konnte. Er beauftragte Baldassare damit, als sein Nachfolger Vorkehrungen für die Immanentisierung des Eschaton zu treffen. Wobei dieses nicht irgendwie, sondern als finaler Kampf der Kürbisse gegen alles andere, als Zuccageddon, stattfinden solle.

Am darauffolgenden Tag, dem 3. Mai 1410, kehrte die Seele Alexanders V. heim zu ihrem Schöpfer.

Am 17.5. wurde Cossa zum Nachfolger des zu Unrecht verstorbenen Gegenpapstes gewählt.

Am 30.5., und nicht – wie von den Anhängern Gregors wahrheitswidrig behauptet am 24.5. – wurde er zum Priester geweiht. Bereits am folgenden Tag erfolgte die weitere Aufweihung zum Bischof und anschließende Krönung zum Papst. Das folgende Festmahl wurde zwar allgemein als den Umständen entsprechend einigermaßen gelungen gewertet, gab jedoch Anlass, zukünftige Papstweihen längerfristig vorzubereiten. Insbesondere der zu den Forellenbäckchen auf Minze gereichte Wein, ... nun, lassen wir das.

Die Leipziger Karpfentöter

Alexander hatte sich nicht nur zeitlebens der Erforschung aller Möglichkeiten gewidmet, welche sich aus der Anwesenheit eines Knabenkörpers nahe dem seinem ergaben, sondern auch anderen Feldern der Gelehrsamkeit. Namentlich war ihm die Botanik ein Anliegen, insbesondere in Hinblick auf Pflanzenextrakte, welche Wirkungen im Zusammenhang seines hauptsächlichen Interesses zeigten. Daher gründete er im Jahr vor seinem allseits beklagten Tode eine Universität in Leipzig.

Diese besaß, als Baldassare Cossa die Bürde des Papsttums auf sich nahm, einen erst noch im Aufbau befindlichen botanischen Garten. Hier sah Johannes XXIII., wie der nunmehrige Bologneser Papst sich nannte, den richtigen Ort für die Durchführung des versprochenen Vorhabens.

Heute ist kaum einer überrascht zu hören, dass Mensch, Tier, Pilz, dem Leipziger Mörderkürbis zum Opfer fällt, wie der Werhase dem Wemwolf. Allenfalls die Herkunftsbezeichnung mag überraschen.

Doch lassen sich Irritationen durch den Hinweis ausräumen, dass auch an der Leipziger Universität mittlerweile hauptsächlich Wissenschaftler aus den alten Bundesländern arbeiten. Zur Zeit des Übergangs vom Mittelalter zur Neuzeit verhielt sich das noch anders. Damals wurde auf sonderbare Kombinationen von Wissenschaft und Frömmigkeit vertraut. Noch 1590 beschreibt Petrus Canusius ein Verfahren, einen Kürbis gehorsam zu machen, welches zunächst eine durchaus wissenschaftliche Selektion zur Auswahl aufgrund von spezifischem Gewicht und Nähe zur Kugelgestalt beinhaltet. Dann jedoch muss der Kürbis in einer Vollmondnacht zum Galgen gebracht und unter einen Gehängten gelegt werden, worauf bis zum Morgen 666 Ave Maria über dem Kürbis zu sprechen sind, ohne dass der Beter an ein Nashorn denken darf. Dieses Verfahren scheiterte regelmäßig, was Petrus Canusius mit der Schwierigkeit erklärte, nicht an ein Nashorn zu denken.

So erfolgte die Züchtung eines Gewaltkürbisses erst 1880, als einem Botaniker die von Gregor Mendel vorgeschlagene Kreuzung von Kürbissen und gewaltbereiten fränkischen Bovisten und anschließende Herauszüchtung besonderer Angriffslust gelang.

Die ersten der Leipziger Gewaltkürbisse griffen allerdings nur Karpfen an und unter jenen nur die kleineren. Zwar brach schon nach recht kurzer Zeit Jubel aus, als eine Mutation zum ersten Angriff auf ein Landtier führte. Doch diese Linie attackierte stets Igel und spießte sich an deren Stacheln auf, so dass sie schließlich aufgegeben wurde. Stattdessen konzentrierte man sich auf die Züchtung immer angriffslustigerer und kräftigerer Karpfentöter.

Im Jahr 1902 konnte dann endlich eine Abordnung der Universität mit sechs wirkmächtigen Karpfentötern im Gepäck nach Rom reisen.

Die Leipziger bedachten jedoch nicht, dass die päpstlichen Karpfen keinesfalls nur für Versuche gezüchtet wurden, sondern auch eine Leibspeise des greisen Papstes darstellten. Nachdem die Kürbisse den Fischbestand in den vatikanischen Karpfenteichen in kürzester Zeit vernichtet hatten, sahen sich die Leipziger Wissenschaftler anstelle des erwarteten Lobes mit einem Wutanfall konfrontiert.

Damit nicht genug. Leo XIII. erließ den Kürbishammer, in dem er die Vernichtung aller Gewaltkürbisse forderte. Widerwillig – aber letztlich doch gehorsam – wurde der Befehl ausgeführt. Kein Karpfentöter überlebte das große Kürbisgemetzel am Valentinstag 1902.

Operation Halloween

Damit hätte die Geschichte der tödlichen Kürbisse ihr Ende finden können. Wäre nicht der kalte Krieg dem Zweiten Weltkrieg gefolgt. Als man in den 1970er Jahren auch in der ehemaligen sogenannten DDR bemerkte, dass die proletarische Weltrevolution nicht unmittelbar bevorstand, erinnerte sich eines der Mitglieder der Akademie der Wissenschaften daran, wie ihm der Vater – als er noch ein kleines Kind war – begeistert von den Karpfentötern erzählte, und wie traurig der Vater gewesen war, als sie die Kürbisse vernichten mussten. Jenes Mitglied der Akademie präsentierte einen Plan zur Überwindung des Kapitalismus.

Im ersten Schritt schlug er vor, die Kürbisse mit den verbesserten wissenschaftlichen Möglichkeiten zu menschenmordenden Bestien zu entwickeln. Dann sollte man über einen Doppelagenten den Amerikanern die Unterlagen zuspielen.

Diese würden daraus zweifellos eine Waffe entwickeln, da Amerikaner aus allem, wovon sie Kenntnis erlangten, Waffen zu entwickeln versuchten. Diese Waffe wäre jedoch nur im Land des Klassenfeindes selbst anwendbar. Denn schon die Karpfentöter waren dadurch aufgefallen, dass sie gespenstisch leuchteten. Menschenmordende Kürbisse täten dies zweifellos noch stärker und wären daher in jedem Land der zivilisierten Welt leicht zu erkennen. In den USA könne man sich jedoch den dortigen albernen Brauch des Halloween zunutze machen, um durch KGB-Agenten Mörderkürbisse aus einem Feldversuch zu entwenden und im Land zu verteilen. Das entstehende Chaos würde die Kapitalisten entscheidend schwächen und das 1000-jährige Reich der Verwirklichung näherbringen.

Der Vorschlag wurde allgemein gelobt und nahezu unverändert an das Ministerium übermittelt. Lediglich das 1000-jährige Reich wurde durch Sieg des Sozialismus ersetzt. Die Prüfung durch das Ministerium erfolgte innerhalb so weniger Jahre, dass die Vorlage beinahe noch für den folgenden 5-Jahres-Plan 1975-1980 entscheidungsreif geworden wäre. Ganz gelang es allerdings nicht, doch im Prüfungsbericht für den Plan 1980-1985 wurde das Vorhaben lobend erwähnt und schließlich genehmigt. Der Beginn der Umsetzung war für 1987 geplant, verzögerte sich jedoch etwas und fiel schließlich den bekannten Ereignissen des Jahres 1989 zum Opfer.

In den wilden Monaten des Winters 1989/90 konnte man auf Berliner Flohmärkten oder in ostdeutschen Geschäften allerhand erwerben, was sonst nicht in vergleichbarer Offenheit feilgeboten wurde: Waffen aus dem Besitz der Volksarmee, Ausweise, Promotionsurkunden, oder eben auch Geheimdokumente aller Art. Auf diese Weise gelangten die Pläne zur Züchtung der Mörderkürbisse in die Hände der Illuminaten.

Welche Freude, welches Glück! O frabjous day! Callooh! Callay! So chortelten die Illuminaten in ihrem Vergnügen. Denn anders als Alexander V. interessierten sie sich immer schon für die Immanentisierung des Eschaton, wussten aber bislang keinen Weg dazu. Nun spielte ihnen der Zufall in die Hände.

Ohne unnötige Verzögerung machten sich die Illuminaten ans Werk. Den Vorgaben der Leipziger Wissenschaftler folgend kreuzten sie Butternusskürbisse mit weißen Alba-Trüffeln. Schon diese erste Generation mordete den Großteil der Laboranten. Doch bei einem probehalber durchgeführten Experiment mit Yakuza-Gangstern zeigten die ersten Mörderkürbisse noch Schwächen. Zwar starben wunschgemäß letztlich alle Gangster. Doch gelang dies nur, indem sie die Yakuza zu einem Seppuku-Wettbewerb herausforderten, bei dem die Kürbisse betrogen, während sich die Gangster den Regeln entsprechend entleibten.

Da dieses Verfahren außerhalb Japans kaum anwendbar war, veredelten die Illuminaten das Genom, indem sie einige Stücke DNA aus jenem des abscheulichsten aller Gemüse, also des Spinats, einsetzten. Gegen diese Superkürbisse würden auch die geübtesten Kämpfer nicht rasch ein Mittel finden.

Doch waren sich die Illuminaten dessen bewusst, dass sie nicht unbegrenzt Zeit haben würden. Ihre Modellrechnungen zeigten, dass der Überfall der Kürbisse auf allen Kontinenten flächendeckend gleichzeitig beginnen musste. Andernfalls würden Mafia und CIA Zeit finden, kurzfristig Frieden zu schließen und – so stand zu befürchten – eine Waffe zu entwickeln, vermittels derer sie aus den Mörderkürbissen Suppe zuzubereiten vermöchten.

Um diese Gefahr zu bannen, verbreiteten die Illuminaten den Halloween-Brauch weltweit, so dass sie überall unauffällig die tödlichen Kürbisse unter die Dekoration mischen konnten.

Ein weiterer Teil des teuflischen Planes betraf das Problem, dass sich Nachrichten in der modernen Welt schnell verbreiteten und die Bewohner Kaliforniens daher schon vom Auftreten der Mörderkürbisse an der Ostküste gewarnt werden konnten, bevor die Nacht an der Westküste anbrach. Um dieser Schwierigkeit zu begegnen, gründeten die Illuminaten eine Firma, welche listig ›Apfel‹ statt ›Kürbis‹ genannt wurde. Jene Firma stellte allerhand elektronische

Geräte her, nicht zuletzt Mobiltelephone. Dies lieferte den Vorwand, in aller Offenheit ein Projekt zu verfolgen, welches auf die Entwicklung einer künstlichen Intelligenz zielte. Auf Mobiltelephonen implementiert, konnte ›Siri, der sprechende Apfel‹ sich mit dem Benutzer unterhalten, wie es ein sehr belesener Mensch mit besten Manieren getan hätte.

Die Technik Siris adaptierten die Illuminaten für den Einsatz in Mörderkürbissen, in welche sie neben Mikrophonen und Lautsprechern auch Mikrochips einbauten, auf denen ein modifiziertes ›Siri‹-Programm lief. Dieses war darauf optimiert, jenes Verhalten zu zeigen, welches ein durchschnittlicher Mensch in der Unterhaltung mit einem Kürbis von letzterem erwartete. Die Kürbis-Variante Siris behauptete beispielshalber, sie sei auf einem Feld gewachsen, wohlschmeckend und gesund, und lehne Gewalt auf jeden Fall ab. Auch wenn sich die Nachricht vom Auftreten mörderischer Kürbisse verbreiten und die Menschen in manchen Gebieten rechtzeitig gewarnt würden, sollte Kürbis-Siri auf diese Weise ihre Opfer in trügerischer Sicherheit wiegen, um ihnen dann ein desto grausameres Ende zu bereiten.

Einige Zeit nahmen die Vorbereitungen in Anspruch. Doch nun nähern sie sich nach Informationen aus gut informierten Kreisen der Vollendung. Am 31.10.2020 soll es so weit sein:

Zuccageddon!

Danksagung

Wir bedanken uns bei allen Kürbissen, die für diese Anthologie ihr Leben gelassen haben.

Das Cover hat erneut die wunderbare Dani Szegedi gestaltet. Herzlichen Dank, liebe Dani, für diesen schaurig-schönen Blickfang.

Wir bedanken uns bei dem großartigen Heiko Hentschel, der mit seinen unheimlich kunstvollen Kürbisillustrationen für noch mehr Gruselfeeling beim Lesen sorgt.

Beim Korrektorat unterstützte uns Eva-Maria Kieselbach, wie auch schon bei den *München Legenden*. Vielen Dank für die Mitarbeit bei Punkt und Komma.

Dieses Buch wäre nicht so schön anzusehen ohne *SPBuchsatz*, das kostenfreie Belletristik-Satzprogramm von Karl-Heinz Zimmer. Großen Dank für den Beistand beim Setzen, das Kürbisgemetzel kann sich so auf jeder Seite von seiner schönsten zeigen.

Das Münchner Magazin *BISS* tut viel für Bürger in sozialen Schwierigkeiten. Wir freuen uns, sein Engagement mit der Spende der Verkaufserlöse zu unterstützen. Vielen Dank an die Geschäftsführerin Frau Karin Lohr für den angenehmen Kontakt.

Danke an alle Leser:innen, für euch schreiben wir Geschichten. Teilt mit uns eure Eindrücke zur Anthologie über LovelyBooks, goodreads und Co., wir würden uns freuen, von euch zu lesen.

Und wir bedanken uns bei unseren Familien, die das ganze Jahr über unser Halloweenfeeling mitgetragen haben. Die Kürbissuppe wäre dann fertig!

Die Autor:innen

Dani Aquitaine wurde in München geboren, ging dort zur Schule und studierte Marketing-Kommunikation. Schon im Alter von acht Jahren tippte sie auf einer alten, grünen Reise-Schreibmaschine ihre ersten Geschichten. Heute schreibt sie am liebsten auf ihrem Balkon am grünen Stadtrand von München, in den Hügeln der Toskana oder auf langen Zugfahrten irgendwo dazwischen. Neben dem Schreiben als unabhängige Autorin arbeitet sie als Graphik-Designerin, trainiert Bogenschießen und spielt E-Bass und Klavier.

Denise Yoko Berndt: Mit zwei der erste Büchereiausweis, mit sieben die erste Kurzgeschichte, das konnte ja nur böse enden.

Erst Songtexte für verschiedene Künstler, dann mehrere Drehbücher und 2006 der erste Roman: *The Poriomaniacs – Dead in Dornbirn*. Nach insgesamt vier Krimis um die Girl-Rockband *The Poriomaniacs* folgten drei Tübingen-Thriller mit Geschichtsstudentin Oscar als Protagonistin und seit April 2020 die ersten Bände ihrer Thriller-Reihe um die Londoner Ermittlerin Amber Fearns.

Wenn sie nicht gerade irgendwo auf dieser Welt für das nächste Buch recherchiert, lebt die Autorin in München und Südlondon.

Alle Bücher: *bit.ly/DYBerndt*   Newsletter: *bit.ly/DYBNews*
Facebook-Seite: *facebook.com/DeniseYokoBerndt*
Website: *www.poriomaniacs.com*

Katrin Biasi wurde 1989 geboren. Wenn sie nicht im Büro sitzt oder am heimischen Schreibtisch Recherche betreibt, schreibt Katrin an ihrem Dark Fantasy-Roman. Als Todesfee kämpft sie dabei unermüdlich gegen eigenwillige Figuren und unerwartete Wendungen.

Ihr Mann und ihre zwei Kater, mit denen sie im Herzen des Ruhrgebiets lebt, begleiten sie auf ihrem Weg in düstere Gefilde. Ihre erste veröffentlichte Kurzgeschichte erschien in der Geisterspiegel-Anthologie »*Dark Islands*«, gefolgt von einer weiteren in den »*Geschichten aus dem Keller*« des Verlags *ohneohren*.

Roxane Bicker wurde 1976 in Kassel geboren. Nach dem Studium der Ägyptologie, Koptologie und Ur- und Frühgeschichte arbeitet sie seit 2005 als Museumspädagogin im Staatlichen Museum Ägyptischer Kunst und lebt mit Mann, Sohn und Katze in München. Neben der Geschichte hegt sie auch eine Leidenschaft für die Astronomie, den Weltraum und die Sterne. Aus einem bibliophilen Haushalt stammend, war es nur eine Frage der Zeit, bis sie selbst zu Papier und Stift bzw. später zum Laptop griff und ihre eigenen Geschichten verfasste.

Informationen zu ihren aktuellen Projekten finden sich auf ihrer Autorinnenseite: *www.roxanebicker.com*

Matthias Sebastian Biehl wurde 1978 in München geboren und wuchs zunächst in den Ortsteilen Solln und Forstenried auf. Später zog seine Familie in den Münchner Vorort Ottobrunn. Er studierte Chemieingenieurwesen und lebt und arbeitet heute in Penzberg in Oberbayern. Schon zu Schulzeiten ging er seinem Hang zum kreativen Schreiben nach und veröffentlichte in den letzten Jahren Kurzgeschichten in einigen Anthologien.

Homepage: *www.the-real-biehl.net*

Saskia Dreßler wurde 1996 in einer fränkischen Kleinstadt geboren. Inzwischen studiert sie in Stuttgart Informationswissenschaft. Fantastische Geschichten begleiten sie schon ihr ganzes Leben lang und ihre ersten Geschichten schrieb sie im Alter von 12 Jahren. Inzwischen arbeitet sie an ihrem Debütroman. Sonst leitet sie ein

Online-Magazin oder schreibt für *Geek Germany*. Wenn Saskia nicht schreibt, sammelt sie Bücher und Mangas oder lernt Japanisch.

Tino Falke wurde 1988 in Rostock geboren, hat in Freiburg studiert und lebt in Hamburg. Nach dem Comiczeichnen in seiner Jugend fand er zum Schreiben. Kurzgeschichten von ihm erschienen in Magazinen wie *c't, Exodus, Nova, Gegen Unendlich, zugetextet* und *rottenplaces* sowie in mehreren Anthologien, u.a. von *p.machinery, Hirnkost* und *Art Skript Phantastik*. Sein erster Roman *Crow Kingdom* erscheint demnächst im *Amrûn Verlag*. Weitere Veröffentlichungen sind in Arbeit.

Mehr auf *tinofalke.de*

Lidia Kozlova-Benkard wurde 1980 in der UdSSR geboren. Ihr Interesse an der deutschen Sprache und Literatur führte sie nach München, wo sie heute mit ihrer Familie lebt.

Während und nach dem Studium an der LMU unternahm sie zahlreiche kulturelle und geschichtliche Ausflüge unter anderem in München und im Umland.

In der vorliegenden Anthologie präsentiert sie ihre zweite veröffentlichte Kurzgeschichte.

Homepage: *lidia.benkard.de*

Peter Krall: Das Geburtsdatum und Körpergewicht sind jetzt nicht so interessant, insbesondere nicht die letzten 5 kg. Was also? Vielleicht, dass er Geschichten oder auch Bilder mag, die einer eigenen Logik folgen und keine Plausibilisierung versuchen. Lewis Carrols *Jagd nach dem Snark*, Max Ernsts *Elefant von Celebes*. Oder das Libretto zu Vivaldis Oper *Dorilla in Tempe*. Was tut man, wenn man ein Gott ist und gerne eine Prinzessin, na ja, Sie wissen schon? Nicht irgendein drittklassiges Göttlein, sondern Apoll, ein echter

Star-Gott? Klar, man verkleidet sich als Schäfer. Dumm nur, dass die Prinzessin einen echten Schäfer liebt. Wie Prinzessinnen halt so sind. Ein Seeungeheuer spielt auch noch mit. Geht aber alles gut aus.

Mae Ludwig wurde 1978 im Ruhrgebiet geboren und wuchs in einer ländlichen Gegend am Niederrhein auf. Nach Zwischenstationen in Freiburg und Wien, fand sie vor zwölf Jahren ihre neue Heimat im Münchner Westen.

Bereits im Vorschulalter schaute sie mit der Großmutter Star Trek und entdeckte so ihre Liebe für Science-Fiction und alles Fantastische. Nach ersten Schreiberfolgen im Teenageralter, sorgte das Leben für eine längere Pause, doch seit einigen Jahren haut Mae wieder in die Tasten, engagiert sich bei den *Wortkriegern* in der Romanrubrik und hat zwei Sci-Fi-Stories im *Johnny* veröffentlicht. Wenn sie nicht schreibt, dann ist Mae in den Bergen und Wäldern in und um München unterwegs, um dort nach Schnappschüssen und Plotbunnys zu jagen.

Sarah Malhus, Jahrgang 1989, schreibt schon ihr halbes Leben.

Tagsüber in einer Personalabteilung tätig, verbringt sie ihre Freizeit am liebsten mit Literatur, sei es produzierend oder konsumierend. Genreübergreifend schreibt sie alles, was ihr die Plotbunnys bringen.

Die Autorin wohnt mit ihrem Lebensgefährten und zwei Kaninchen nördlich vor Münchens Stadttoren. Zu ihren literarischen Vorbildern zählen unter anderem Peter V. Brett, Tess Gerritsen und Neil Gaiman.

Weitere Informationen und Veröffentlichungen:
Homepage: *www.schreibmaid.blog*
Instragram/Twitter: *@schreibmaid*

Marie Mönkemeyer, Jahrgang 1984, wuchs in der norddeutschen Tiefebene auf und lebt mittlerweile mit Mann und Büchern im Rhein-Main-Gebiet.

Obwohl sie bereits mit 15 beim bundesweiten Wettbewerb *Schüler schreiben* einen Preis gewann, entschied sie sich dafür, in Berlin Geschichte und Klassische Archäologie zu studieren. Zwei Jahre war sie angestellte Redakteurin für das Pen&Paper-Rollenspiel *Das Schwarze Auge*, dort betreute sie unter anderem das Kundenmagazin *Der Aventurische Bote*. 2017 machte sie sich als Autorin und Übersetzerin (Englisch > Deutsch) selbstständig.

Ihr erster Fantasy-Roman *Kurs Südmeer* erschien 2018 und spielt in der Welt des Schwarzen Auges.

Sie schreibt für das Phantastik-Webmagazin *Teilzeithelden* und zieht Basilikum in der Küche.

Weitere Informationen zur Autorin und ihren Büchern unter: *www.schreib-fantastisch.de*

Petra Ottkowski wurde 1967 geboren, lebt mit ihrem Lebensgefährten in der Buchstadt Leipzig, wo sie an der Hochschule für Grafik und Buchkunst Malerei und Buchkunst studierte.

Schon als Kind liebte sie Buchstaben und Farben und schleppte kiloweise Lesefutter aus der Bücherei nach Hause.

Daran hat sich nichts geändert. Als Dozentin für Ästhetische Bildung teilt sie ihre Begeisterung für Literatur und Kunst und als Illustratorin veröffentlicht sie im *Brunnenverlag* Bücher für Menschen mit Demenz. Ihre aufwendig gemalten Bilder stecken voller Details und laden zu Entdeckungsreisen ein.

Ihre Bilder wurden vielfach ausgezeichnet und ausgestellt.

Nachdem sie 2004 den zweiten Preis bei *Literatenohr* gewann, veröffentlicht sie gelegentlich in Anthologien.

Kornelia Schmid wurde 1993 in Regensburg geboren und hat dort Germanistik, Kunstgeschichte und Philosophie studiert. Ihren ersten Roman begann sie im Alter von zwölf Jahren. Seitdem schreibt sie hauptsächlich im Bereich der Fantastik. Neben Ausflügen in alltägliche, historische oder futuristische Settings taucht sie besonders gerne in magische Welten ab – egal, ob Unterwasserlandschaft, Wüste oder Dschungel. Ihre Kurzgeschichten sind in verschiedenen Anthologien erschienen.

Marie Wilhelmsen ist ein Pseudonym. Gewählt hat sie es in Erinnerung an ihre Großeltern, Marie und Wilhelm, die ihr eine wunderbare Kindheit schenkten, reich an Märchen und Geschichten.

Geboren wurde sie im südlichen Niedersachsen und dort verbrachte sie auch ihre Kinderjahre. Bald jedoch verschlug es die Familie nach Bayern. Hier wurde zunächst München ihre Heimat, dann die Region westlich des Ammersees, nun ist sie in Germering daheim.

Viele Jahre lang blieb ihr neben Familie und Erwerbsleben kaum Zeit, sich ihrer Passion, dem Schreiben, zu widmen. Doch das Leben schreitet fort, und es kam der Tag, an dem es hieß *jetzt oder nie mehr*. Ihre Entscheidung hieß *jetzt*, und nun verbringt sie so gut wie jede freie Minute damit, die Geschichten aufzuschreiben, die schon lange in ihr schlummern.

Inhaltswarnungen / Content Notes

Die Liste wurde sorgfältig erstellt, es kann aber keine Garantie für Vollständigkeit übernommen werden.

Dani Aquitaine, Nach Hause: Tod, Blut (erwähnt), Mord (erwähnt)

Denise Yoko Berndt, Widerworte: Waffengewalt, Mord (erwähnt), Prostitution (erwähnt), Schizophrenie

Katrin Biasi, Totes Laub: Tod, Selbstmord (erwähnt), Tod eines engen Familienmitglieds

Roxane Bicker, Jägerinnen: Tod, Obduktion (erwähnt)

Matthias Sebastian Biehl, Vekstholm Bockholl: Körperliche Gewalt

Saskia Dreßler, Die grusligste Nacht des Jahres: Kannibalismus (erwähnt), (Kälte-)Tod

Tino Falke, ••: Gewalt, verbal abuse, soft Body Horror, Isolation (Quarantäne), Blut (erwähnt)

Lidia Kozlova-Benkard, Die Geister-(U-)Bahn: Gewalt, Glücksspiel

Peter Krall, Zuccageddon: Verschwörungstheorien

Mae Ludwig, Der Cache: Body Horror

Sarah Malhus, Zahltag: Drogen, Gewalt, Tod durch Feuer, Tieropfer (erwähnt), Alkoholkonsum

Marie Mönkemeyer, Des Landgrafen Soldat: Abgetrennte Körperteile

Petra Ottkowski, Preisgewinner: Mobbing (soft)

Kornelia Schmid, Zwischen Ewigkeitssteinen: keine

Marie Wilhelmsen, Cucu: Psychische Erkrankung (Depressionen), Tod, Krebs